1998—2008

非洲十年风雨路

——尼日利亚生活工作纪实

◎岗永斌 著

当代世界出版社
THE CONTEMPORARY WORLD PRESS

图书在版编目（CIP）数据

非洲十年风雨路 ： 尼日利亚生活工作纪实 / 岗永斌著. -- 北京 : 当代世界出版社, 2019.4
ISBN 978-7-5090-1485-1

Ⅰ. ①非… Ⅱ. ①岗… Ⅲ. ①纪实文学—作品集—中国—当代 Ⅳ. ① I25

中国版本图书馆 CIP 数据核字 (2019) 第 033909 号

出版发行：当代世界出版社
地　　址：北京市复兴路 4 号（100860）
网　　址：http://www.worldpress.com.cn
编务电话：（010）83907528
发行电话：（010）83908410
（010）83908377
（010）83908423（邮购）
（010）83908410（传真）
经　　销：全国新华书店
印　　刷：北京欣睿虹彩印刷有限公司
开　　本：710 毫米 ×1000 毫米　1/16
印　　张：19.5
字　　数：120 千字
版　　次：2019 年 4 月第 1 版
印　　次：2019 年 4 月第 1 次
书　　号：ISBN 978-7-5090-1485-1
定　　价：58.00 元

目　录

序

岗永斌同学以自己在非洲十年工作生活经历写成的《非洲十年风雨路》，是一本纪实性文学作品。全书篇幅不长，但内容丰富，既充满开拓者的艰辛，十分危险、惊心动魄，又为国家的"走出去"发展战略开拓国际市场做出了贡献。真为岗永斌同学取得的成就而高兴并为本书作序。

作为曾经的军人、热血男儿，最精彩的人生经历、最有价值的工作、最值得记录的精彩人生事件，就是个人的工作与国家发展紧密地联系在一起，与国家同呼吸共命运，并为国家的发展做出贡献。成为国家"走出去"发展战略中向非洲发展开路先锋的一员，岗永斌同学的人生经历是值得记录的。它记录的不仅是岗永斌同学个人，而是通过对他的记录反映出我们国家发展的一个时代。"改革开放""走出去""一带一路"，我国已经从过去的单纯引进来过渡到了既引进来也走出去的双向发展阶段。我国已经面向世界，正在走向未来。这是经济全球化发展的规律和必然要求。我国顺应了世界经济发展的规律和要求！

开拓非洲的先锋们以及我国驻外使馆人员都是在极其艰苦的条件下，有时甚至是冒着生命危险在为国家工作。真是舍小家为国家。他们身上所表现出的牺牲精神、奉献精神、对国家的忠诚、使命感、责任感、民族情怀，应该记录下来。我们不应该忘记他们为国家的发展所做出的贡献！我过去一直认为，驻外使节的工作既风光又体面，搞国际贸易就是挣美金赚大钱，令人羡慕、令人向往。但当我看完岗永斌同学交给我写作《非洲十年风雨路》的资料时，我吃惊了。我的看法完全改变了！我们过去从影像资料中看到的只是表面现象。事实上，他们吃不好（使馆工作人员一周才能分一次包子，促进中心喝脏水，没蔬菜吃等）、睡不好、抛家舍口甚至牺牲生命为国家工作。他们是国家的代表、国家的工作人员，也是不畏艰难的探险者，更是不怕牺牲、勇敢战斗的战士。值得我们尊敬和钦佩！我们要感谢他们！

书中记载的事件中有许多成功经验值得后人学习和借鉴。“合作赢得摩托车”市场，以及“守法终有收获”“抢占S质量认证”制高点几个章节是很成功商战的重现。对于从事国际经贸工作的同行和从商者，可以从中学习和借鉴。首先，必须守法经营。这不仅体现市场经济是法制经济，做生意必须遵守规则的要求，也能树立中国在国际上守法经营的良好形象。讲诚信、守法经营是最成功的经营之道。其次，抢占经营的制高点，才能取得先机之利，掌握经营的主动权。敏锐的商业头脑，灵活的经营策略，也能在经营中取得“巧”胜的效果。最后，在异国他乡经营，必须要按照该国的质量标准生产商品，才能使我们的商品符合当地的“水土”，融进当地社会，生存下去。同时，书中也记录了出国从事经贸活动要警惕的商业陷阱。“火灾突如其来”“受困政策多变”“合资公司陷阱”“处心积虑行骗”“馅饼从天而降”“隐形药水”几个章节都值得从商者认真阅读，从中吸取教训。

《非洲十年风雨路》一书，从一个侧面记录了我国改革开放后，实施“走出去”战略过程中，我国外经贸人员和驻外使节人员开拓国际市场，发展国际经济贸易的一段历史。以此为鉴，中国人特别是外经贸人员和驻外使馆人员将继续记录和书写“一带一路”辉煌，为发展全球经济，造福全人类的中国方案发挥重要作用！中国人有责任，也有能力为世界的经济发展做出巨大贡献！

本书是由一个个鲜活的亲历故事，以及亲眼所见所闻写成的。没有虚构和夸张，所以真实，可读性也强！

孙家贵

2018年10月8日于贵阳家中

前 言

非洲？非洲！非洲、非洲，非洲；非洲："非洲"非洲——非洲……非洲。

甭数，共是十个！每一个，代表了一个年头；每一个，诉说着一段奋斗和艰辛的历程。

新旧世纪之交的那十年，我是在非洲西部的尼日利亚度过的，为开拓奔波，为生存打拼，走过一段不平凡的人生历程。这里记述的点点滴滴，是我个人难忘的经历，也是当年并肩走进非洲的同行人共同的际遇。

我庆幸，能够在万里之遥的异域他乡为国拼搏；我骄傲，能够成为中国"走出去"之国家意志的践行人。

第一章 “走出去”的召唤

人生的变化有时来得很快。

头一天下午，我还是中国（福建）对外贸易中心集团漳州公司的副总经理，还在广交会上与外商洽谈生意；第二天上午，便在集团总部接受任命，出任尼日利亚中国投资开发贸易促进中心总经理职务。

一夜之间，我的人生陡然转轨，从单纯的外贸坐地商，变成国际商海的冲浪者，变成中国“走出去”商务军团的一名尖兵，把生命中的十年大好光阴，挥洒在西非那块遥远的土地上。

一、受命远征不怕难

1997 年 10 月金秋，我随团到广州参加进出口商品交易会。19 日那天，在住地站前酒店向集团温副总裁汇报工作后，他告诉我：我们集团已接受了外经贸部下达的任务，承办“尼日利亚中国投资开发贸易促进中心”；明天集团党组要开会确定人选，组建精干的团队“走出去”开拓国际市场。

此前，我多少听过一些在非洲经商者的故事。我们集团曾在非洲的贝宁、多哥、利比亚和赤道几内亚四国设有外贸网点。在贝宁贸易公司常驻的梅经理，在该国科托努市呆了5年，其间只去了一次邻近的尼日利亚国拉各斯市，区区90多公里路程，却遇到过关索贿、明抢暗偷等许多无法想象的麻烦，从此再也不敢前往。据亲历者描述，那里生活工作环境恶劣，危机四伏，可谓步步惊心。当时庆幸，这一切——毕竟离自己很远很远。

听完老领导这番话，我并没怎么往心里去。当时，我才从集团总部调任漳州公司一年多，生意做得风生水起。只要假以时日，漳州公司将成为整个闽南地区的主要外贸支柱，这对集团未来的发展布局有着重要意义。

20日一早送走温副总裁后，我们进入广交会展馆，协调各摊位业务员与国外客户进行商务谈判。下午4点过后，我正同一位荷兰商人洽谈运动鞋出口业务，包中的移动和联通两部手机同时响起。一看，是集团总裁办公室的两位秘书同时打来的，她们都是要我马上放下手头的工作，即刻去买返回福州的机票，务必在明天上午九点半赶到集团总部会议室开会。我问她们，什么事那么急，我在参加广交会呢！她们回答不知道，只是重申，必须按时到会！那口气，活脱脱是军队指挥员下达战斗任务。

就在我一头雾水忙着购买当晚最后一班飞福州的机票时，温副总裁的电话来了，他透露：集团党组已经决定，派你去创办尼日利亚中国商务中心；并叮嘱说，你是共产党员，是当过兵的人，不管个人有多大的困难，都要无条件接受任务，不许有任何退缩。我一听就懵了，怕什么，什么还真就来了！

当晚，几位参加广交会的福建企业老板得知我有急事要赶回福州，便约我一同共进晚餐。席间，他们问起原由，我忍了忍没忍住，还是如实说了。这几位老江湖自然清楚派驻非洲特别是尼日利亚意味着什么，更加频频起身敬酒，眼神中大有“风萧萧兮易水寒，壮士一去兮……”之意。

次日凌晨一点半我回到福州家中，夫人一见吓了一跳，问我，怎么突然回来了？我说，上午要到集团开会。她又问，什么会这么急？我不想多交谈，就讲不知道。这下她可急了，连声追问，该不是你犯了什么错误吧！眼见躲不过，我只好老实“招供”。夫人埋怨说，刚从省城下派漳州，这下可好，直接发配上万公里外的非洲了！我劝夫人，我们都是当过兵的人，一切听从组织安排吧！

上午九点半，我准时来到总部会议室，接受领导集体约谈。集团党组书记杨总裁介绍说，外经贸部把建设尼日利亚中国商务中心的任务交给我们集团，党组研究决定，要组建一个强有力的班子，确保完成国家交给的任务。党组对总经理人选的要求是：中共党员，政治过硬，作风正派，经验丰富，身体健康，四十岁左右，最好是当过兵。我们查阅了全集团处级干部名册，你岗永斌最符合条件。所以，决定由你来挑这副重担！你出身军人家庭，又经受过人民军队大熔炉的长期淬炼，相信你能够不负重托，出色完成任务。

温副总等几位领导也说了些勉励的话，询问我有些什么具体困难需要集团帮助解决，并要当场打电话给我夫人说明情况以争取支持。

说实话，作为独子，家里的顶梁柱，我上有年逾七旬体弱多病的父母，渴望承欢堂前；下有才读初中的乖乖女，正需父爱温暖；而妻子任职福州海关，工作任务紧张繁重，多盼丈夫关爱。这一切，让我心中忐忑不安，一夜难眠。但，这能拿上台面作为推脱理由吗？

既要走出去，怎能不牺牲！我咬了咬牙赶紧表态：组织上决定派我去创建尼日利亚中国商务中心，我毫无二话，坚决执行！家里人的思想工作我自己来做。都是当过兵的人，听党的话是最基本的素质。

随后，杨总裁安排了下一步的工作。他说，外经贸部通知，下个月初，尼日利亚共和国有五位副部长级官员要来我国洽谈经贸往来事宜，他们将顺访福州，考察我们集团的承建实力。你把漳州公司的工作放下来，全力做好接待工作。说罢，递给我一份接待小组成员名单，上面有苏联东欧贸易部财务科许副科长、华恒鞋帽公司业务员小姚和总裁办公室秘书小陈（女）。

这几个人都与我共过事。他们刚进入集团时，有的人还是我领着走上第一个工作岗位的。难怪，会前在秘书科看到他们时，一个个都不吭气，只用一种复杂的眼神盯着我。

当天下午，我们小组开始拟定尼日利亚访问团接待计划，这也是我为建设尼日利亚中国商务中心所做的第一项工作。

二、背景探查知究竟

既已领命远行，我便开始急切地想弄弄清楚，我即将走出去的这一步，到底是怎么回事？是什么条件促成，什么力量驱策的？

国家战略

大的背景显而易见，就是对外开放！进一步扩大开放！

早在改革开放之初，邓小平同志就曾经告诫：关起门来搞建设是不能成功的，中国的发展离不开世界；并在党的十一届三中全会上明确提出：要在自力更生基础上，积极发展同世界各国平等互利的经济合作。

到了1997年，我国的改革开放已经进行了二十个年头，并取得了巨大成功，创造出举世瞩目的经济发展奇迹。综合国力的逐步增强，其所蕴含的能量已经按捺不住，开始辐射出国门之外。这一年9月，党的十五大召开，工作报告中明确提出：更好地利用国内国外两个市场、两种资源，积极参与区域经济合作和全球多边贸易体系，鼓励能够发挥我国比较优势的对外投资。在同年举行的全国外资工作会议上，江泽民同志更是明确要求：我们不仅要积极吸引外国企业到中国来投资办厂，也要积极引导和组织国内有实力的企业走出去，到国外投资办厂，利用当地的市场和资源。“引进来”和“走出去”，是我们对外开放方针的两个紧密联系、相互促进的方面，缺一不可。应该说，中国“走出去”，参与经济全球化和区域经济一体化进程，既是时代的召唤，也是历史的必然。

其实，中国人“走出去”的步伐，自古以来就未曾停歇。远的像古代丝绸之路，像郑和下西洋；近的有大洋彼岸淘金潮，有熙熙攘攘下南洋。先人们用自己的脚步，推动了国与国的交往、民族与民族的融合，先进文化与技术的交流传播，为历史进步做出了不可磨灭的贡献。然而，中国“走出去”上升为国家战略，体现为国家意志，现今才是第一次。我，能够跻身中国“走出去”前列，生逢其时！

方向选择

中国“走出去”，往哪儿走？用军人的术语说就是，哪是主攻方向。这是一个必须首先解决的问题。

当时，中国“走出去”所面对的全球市场基本形势是：

——欧洲、北美等西方老牌资本主义经济发达国家市场。尽管中国产纺织服装和鞋类等传统商品在这个市场所占份额逐年增大，但中国企业根本进不去，他们瞧不上中国的资金与技术，且长期形成的冷战思维，让他们对社会主义中国的任何走近都心存戒虑。

——亚洲市场。这是中国家门口的传统贸易市场与必争之地，距离近不说，且大多数国家为友好邻邦，有着人数众多的华人华侨，为中国企业走进去提供了便利。然而，当时的亚洲经济大佬日本，已经凭借其雄厚的工业基础和多年苦心经营，在这里建立起完整的商品销售渠道，占据了机电等主要商品的垄断地位。中国企业要进去并夺得优势，必有一番血战。

——南美洲市场。美国人眼里的后花园，是个有点高不成低不就的市场，青睐的也是美国的商品与投资。我国企业做了几次开发尝试，均不见成功。

——非洲市场。这是一个未经现代工业熏蒸过的巨大市场。非洲与中国，在许多重大国际问题上互相支持，共同进退，有着深化合作的政治基础。过去，中国给予非洲一些国家诸多援助，尤其是20世纪六七十年代援建的“坦赞铁路”项目，中国给非洲各国人民留下了讲诚信、真帮忙、有尊重的深刻印象，与西方殖民者的欺诈和掠夺形成鲜明对比。更为关键的是，中国改革开放的成功，国家开始繁荣富强的事实，让非洲国家得到启迪，众多有识之士希望中国的发展经验和资金技术能够更快地走进非洲，帮助改变当地的贫穷落后局面。

尽管开拓非洲市场面临条件艰苦、环境复杂等诸多困难，但比较而言，竞争与掣肘压力相对较轻。国家决策层经过反复调研论证，最终确定把非洲市场作为中国“走出去”的一个突破口。既是实战，也是练兵，为日后更大规模的“走出去”进行预演。

20世纪90年代中后期，在国务院总理李鹏、朱镕基，副总理李岚清等领导同志大力支持和具体指导下，我国先后在非洲十一个国家设立了“中国投资开发贸易促进中心”（下称“中国商务中心”），分别是几内亚、埃及、马里、加蓬、坦桑尼亚、赞比亚、喀麦隆、科特迪瓦、莫桑比克和肯尼亚等，其间还陆续建立了一些分拨中心。

这些商务中心是“走出去”的中国商团开拓非洲经贸市场的桥头堡，相当于军队行动中的前哨站。它的主要工作任务有三条：一是为来非洲开拓市场的国人提供基本的生存保障；二是提供所在国基本商业信息和经贸操作建议；三是配合中国大使馆开展友好交往及会展活动，协助处理商务活动中发生的各类法律问题，对在当地受困的国人进行援助等。

经贸互通

1997年初，《中非论坛》杂志刊载了中国政府与几个非洲国家签订设立商务中心协议的文章。尼日利亚驻华大使卡操雷（音译）看后坐不住了。这位资深外交官敏锐地意识到，这是尼日利亚加强与中国经济贸易往来的重大契机。因此，他要求紧急约见我国外经贸部部长，洽谈促进尼中两国经贸往来事宜。

分管非洲事务的刘山在副部长受部长之托，会见了卡操雷大使。

据说，两人一见面，大使先生就直接发问：尼中两国是不是好朋友？

刘副部长回答：是呀！

大使把那期《中非论坛》往桌子上一摊：你们在非洲国家设立中国中心，怎么没有尼日利亚？

刘副部长有丰富的对外经贸工作经验，他很策略地解释说：中国有句俗话，叫“好货沉底”。尼日利亚是非洲大国，我们计划在这里设立非洲最大的中国中心。年内李鹏总理将要访尼，届时会向阿巴查总统提出这一建议。如果贵国同意，两国便可商讨具体细节。

这一年五月，李鹏总理如期访问尼日利亚，在与阿巴查总统会谈中，正式提出在尼设立“中国投资开发贸易促进中心”建议。阿巴查总统立即同意了，但同时提出：尼日利亚也要在中国建立商务中心，以更好推动双边经贸发展。

这是我国政府设立商务中心的11个非洲国家中，唯一一个同时建立经贸互通机制的国家。因此，延长了两国政府的谈判进程。2000年2月22日，中尼两国在北京签订了《中华人民共和国政府和尼日利亚联邦共和国政府关于建立中国投资开发贸易促进中心和尼日利亚贸易办事处的议定书》，其中第一条就写明：“中方授权中国（福建）对外贸易中心集团在拉各斯建立中国投资开发贸易促进中心，并于将来视需要在尼其它城市设立分支机构。”签字的中华人民共和国代表，是对外贸易经济合作部部长石广生；尼日利亚联邦共和国签字代表，是商业部长穆斯塔法·贝洛。

福建中榜

我们中心集团虽然偏居福建，当年却是国家外经贸部的直属企业，在实施中国“走出去”战略进程中，理应有自己的位置与担当。

起初，外经贸部考虑让我们集团接收南非“中国长城公司”。当时，我国与南非没有建立外交关系，这家部办公司，员工都是以商人身份在当地开展经贸活动，但出了问题，难以为继。从1996年开始，我们集团数次派人，随同部里同志一起前往南非，商洽接收这家公司事宜。最终因多方面原因，谈判未获成功。

随后，部里指派我们集团承建尼日利亚中国商务中心，拿下非洲这个最大的“要冲”。为此，商务部部长专门约见我们集团时任党组书记林副总裁，提出要求，征求意见，探讨建设途径、方法。刘副部长也在会见福建省长时提出，希望福建省委省政府大力支持福建外贸中心集团“走出去”，把尼日利亚中国商务中心建设好。他同时透露，外经贸部之所以选定福建集团上榜出征，主要基于两方面考虑：一是福建集团在西部非洲已经建了四个外贸工作站点，积累了在当地生存、工作的实际经验，这就为日后的开拓打下了基础；二是福建人民数百年来前仆后继开发海外市场，已经凝聚了一股攻坚克难的传统精神力量，足以应对西非的艰难环境。

而我们集团愿意扛起这件 “苦差事”，也有着“公”与“私”两方面考虑。于“公”来说，国家指派，大势所趋，义不容辞。于“私”

而言——一则，若不接受任务，外经贸部可能会把我们这个不听话的单位“还给”福建省管理。保住部属企业的地位，对我们集团的未来和福建省的业务发展更为有利；二则，当时外经贸部已有意把每年9月8日举办的“厦门交易会”，升格为全国性的“投资洽谈会”，若在这个关键节点上弄出事来，“厦交会”的升格就有可能泡汤。

可我呢？作为受命个人，面对“走出去”的召唤，面对组织的信任与重托，唯有迎难而上，勇往直前！

三、成功接访练身手

20世纪90年代，对大多数中国人来说，非洲，尤其是西部非洲，显得十分陌生与神秘，印象中那就是一片未经开发的蛮荒之地。现在，我的命运与这块土地系在了一起，自然要把眼光投向那里，投向尼日利亚这个遥远的国度。也是机缘巧合，我前脚还没迈出，尼日利亚政府的访华商贸团就走进来了，那可是一个包括政府官员和诸多工商界人士组成的庞大队伍，这给了我就近接触并了解该国政界商界精英的机会，也为日后的交往热身。

国情扫视

让我们认识一下尼日利亚吧。它处在西非东南部几内亚湾西岸的顶点，位于北纬06度27分，东经03度24分；西边紧挨贝宁，北边接壤尼日尔，东北方向与乍得隔湖相望，东和东南同喀麦隆毗连，南濒大西洋几内亚湾。这里气候复杂，多雷暴阵雨，日平均气温 26℃～32℃，最高 40 多度。

尼日利亚实行邦联制，全称“尼日利亚联邦共和国”（The Federal Republic of Nigeria）。

尼日利亚是非洲第一人口大国，1997 年统计总人口数为 1.14 亿（2015 年统计为 1.76 亿），占非洲总人口的 16%。首都阿布贾是国家政治中心，最大城市拉各斯市是经济、文化中心。

尼日利亚也是非洲部族最多的国家，全国有 250 多个部族，其中最大的是北部的豪萨－富拉尼族，占全国人口的 29%；其次是西部的约鲁巴族，占总人口的 21%；而东部的伊博族，人口

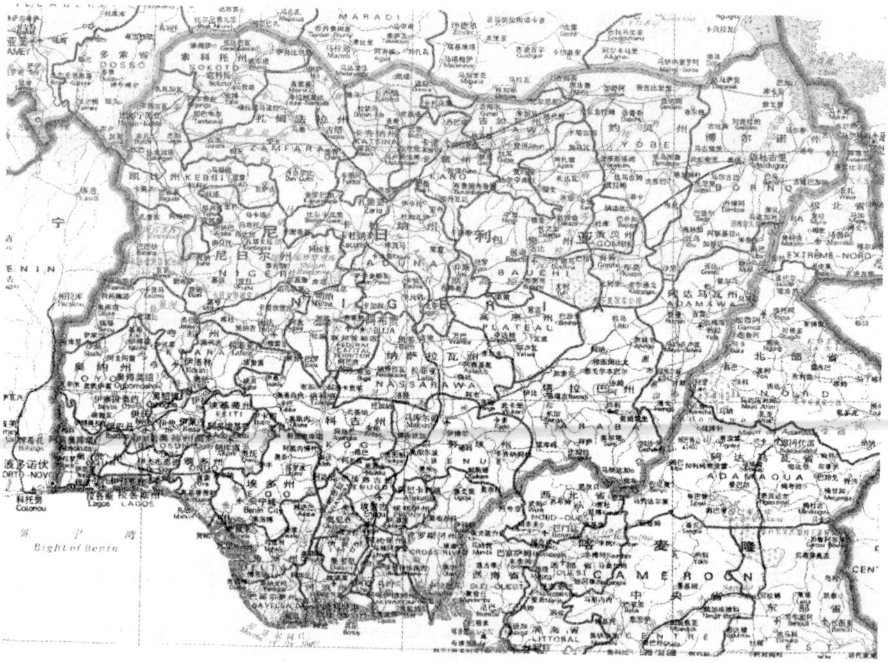

▲ 尼日利亚地图

占比为18%。尼日利亚官方语言为英语，主要民族语言有豪萨语、约鲁巴语和伊博语。尼日利亚人民主要信奉伊斯兰教和基督教，其中信奉伊斯兰教的人口占总人口的52.61%，基督教徒占44.21%，另有约3%的人信仰传统宗教。

尼日利亚还是非洲最大经济体之一和能源资源大国，是非洲第一大石油生产和出口国，欧佩克第五大成员国，已探明石油储量居非洲第二、世界第十；已探明天然气储量居非洲第一、世界第八。此外，尼日利亚还探明76种矿产，其中有34种具备商业开采价值。

尼日利亚政局基本稳定，实行民选政治以来社会发展总体平稳。但由于其国内部族和宗教矛盾错综复杂，恐怖活动频繁，安全风险很大。长期以来，尼日利亚一直是非洲安全状况较差的国家之一。

中国与尼日利亚于1971年2月10日建交，两国友好合作关系发展顺利。从1978年到1997年，中国国务院副总理耿飚、黄华、田纪云、吴学谦，副总理兼外长钱其琛，国务委员兼国务院秘书长罗干，国务院总理李鹏，先后出访尼日利亚；而尼日利亚国家元首戈翁、副总统埃奎梅、陆军参谋长巴班吉达少将和阿巴查中将、国防参谋长阿布巴卡尔少将等，分别访问了中国。领导人的频繁互访，增进了两国间的信任与友谊，为促进双边人员和经贸往来奠定了基础。

精心接访

从我接受赴尼任命到迎接尼日利亚政府代表团到访，其间只有区区十天准备时间，对我这个没有外事接待经验的人来说，压力巨大。

周恩来总理生前曾反复叮嘱，外事无小事。因此，我迅速同外经贸部相关人员建立热线联系，频繁请示汇报争取指导，不断完善接待方案。同时，与福建省和福州市政府有关同志加强沟通，协调分工合作，共同解决关键接待难题。对代表团吃、住、行和会议、洽谈等各项安排，做到事事过问，件件敲实。那段时间，我尽管忙到每天只能休息 3 至 4 个小时，仍然战战兢兢，生怕一时疏忽，有失颜面；力求面面俱到，滴水不漏。

因为这也是建国以来福州市第一次接待外国部级政府代表团，福建省政府十分重视，专门指派省外经贸委外联处处长等干员协助接待；而外经贸部更是派来 3 位处长，现场指导我们做好工作。这些同志个个精明干练，把握政策恰到要点，处理事务周详全面，人际相处谦逊和蔼，为我们的成功接访提供了极大支持。

1997 年 11 月 2 日晚，尼日利亚联邦共和国政府访华团如期抵达福州，其成员包括五位副部长级常务秘书及其随行官员，68 名工商界人士，自然还有那位我们已经有所认识的驻华大使、精明的卡操雷先生。那 5 人说起来是各部常务秘书，可实际上却是主持工作的实权人物。尼日利亚曾经是英国殖民地，政府架构也多延用英国模式，各部部长作为政客，跟随总统共同进退，总统下台，部长换将。为了正常工作少受总统换届影响，各部都设置一名常务秘书，主持日常工作。

这次访华团的团长，是尼日利亚商务部常务秘书托卡·玛尼（音译）。但后来我们了解到，实际领导是住建部常务秘书，他的真实身份为阿巴查总统的第一秘书。

第二天上午，福建省人民政府常务副省长张家坤，会见了尼日利亚政府代表团一行，对贵宾来访表示热烈欢迎，并介绍了福建省省情。随后，按照议程安排举行“尼日利亚国际贸易和投资促进研讨会”，托卡·玛尼团长就尼日利亚招商政策做了主旨演讲。

▲ 研讨会现场

最后，两国官员与工商界人士分头就感兴趣的商务事项，进行了友好洽谈。

▲ 尼日利亚商人在会上发言

需要说明的是，这场研讨会的会场租金和参会人员的工作午餐等费用，全都由尼方承付。

当天下午，访华团一行重点考察了我们集团的五星级酒店、32层写字楼以及其它房产和经营设施情况，对我们集团公司的整体实力有了一定认识，相信我们能够承建好尼日利亚中国商务中心。随后，代表团全体成员饶有兴致地参观了福州马尾保税区。

圆满完成既定议程后，4日上午，尼日利亚代表团返回北京，转机回国。

接访工作就此结束，虽说总体成功，但也发生了几件意外之事。

——丢了一位客人。尼日利亚代表团来福州前，我们就做了明确分工，将该团划为政府团和商务团分头接待。政府团由我负责接送，商务团由我们集团所属外贸中心酒店负责接送。

政府团好办，一位大使、五位常务秘书和十几个随行官员，点齐人后直接上车去酒店。商务团就困难多了：他们分3批飞抵福州机场，人员多不说，相互间也并不怎么熟悉，再加上都是首

▲ 中尼人员商贸洽谈

次来华，甚至是首次出访，语言不通，经验欠缺，极易出错。

第二天上午大会开始后，我夫人突然从福州机场打来电话说，已派车送一位非洲商人来酒店，让我到酒店门口去接。

会有这事？接到那位客商一问才知，昨天，他在福州机场与其他人走散了。既不知道入住酒店的名字，也找不到人能够沟通，只好在机场硬挨一夜。第二天早晨我夫人到机场上班时，机场保安向她反映此事，她即刻就想起我所接待的尼日利亚代表团。因为那年头，福州机场少有非洲旅客的身影。为此事，我受到集团领导批评，并要求送行时不得再出纰漏。

——差点落下一人。在为尼日利亚客人送行时，我接受教训，小心逐一清点人头。可点来点去，总是缺少一人，而行李却一件不缺。我马上叫上酒店服务员，到42间客房逐房查找，最终在一个已经拆除卧具的房间找到那位“老兄”。我又急又累跑得满身大汗，他倒好，躺在两床之间地毯上呼呼大睡倒时差。

——给小费受阻。尼日利亚代表团人员众多，行李自然不少。

送客车队到达机场后，酒店行李员赶紧搬运，司机们见人手不够，也主动上前帮忙。托卡·玛尼团长为表示感谢，习惯性地拿出一沓百元美钞，走到他们跟前，每人发了一张。

100 美元，小费！这可是 1997 年，一美元可兑 8.5 元人民币，那就是 850 元。而当时福州的一般工人，月薪也没那么多钱。省政府外事办一位处长见状，立即上前劝阻，解释说中国不兴这个规矩，并将已经发出的钱收齐退还。托卡·玛尼先生虽然面露不悦，但客随主便，无可奈何只能连说“Thank you，Thank you”，口头表达谢意了。

第一次接触尼日利亚政商界人士，这几件事给我留下了深刻印象，从中看到了尼日利亚人淳朴率真的一面，和散漫好显阔的另一面。

在随后的分析总结会上，国家外经贸部和福建省的有关领导，对我们集团这次的接待工作给予了充分肯定，认为是初战告捷；要求我们再接再厉，认真筹备，精心谋划，切实把尼日利亚中国商务中心建设好。

▲ 托卡·玛尼团长和卡操雷大使参观马尾保税区

送别外经贸部

▲ 尼日利亚代表团成员在马尾保税区

几位处长时，一位大姐关切地叮嘱我，要抓紧时间好好休息休息，工作重要，身体可是本钱。她打趣地对我说，看你这些天，没日没夜、跑前跑后、忙这忙那，身上像有使不完的劲，该不是吃了什么兴奋剂吧？

我嘿嘿一笑，竖起食指往天上指了指说：飞走的，就是我的兴奋剂呀！

四、备足粮草好出征

送走尼日利亚政府代表团，我开始全力投入商务中心前期筹备。国内批办手续不复杂，由于此前外经贸部呈交的相关报告国务院几位分管副总理都已签批，因此，我们集团关于建设尼日利亚中国商务中心的报告递上去，没多久部里就批下来了。

麻烦的是建设款项。兵马未动，粮草先行。解决钱的问题，是筹办工作的重中之重。

按惯例，商务中心建设资金需由财政部的中央对外贸易发展基金拨付。该基金是由中央政府建立、在全国范围内调节和促进对外贸易的专项资金。它形成于20世纪70年代。当时，为防止国产服装、焦炭、水泥等商品在欧美等市场形成倾销，我国主动实施出口配额，要求外贸公司和出口企业按其所申报的出口商品数量或金额，向外经贸部缴纳配额费。经过多年积累，基金不断发展壮大，已成为我国政府支持企业开拓对外贸易市场的重要资金来源。

外经贸部先前规定，申请外贸发展基金必须专款专用，只要用得对路，不必归还本金，可毕竟当年开发国际市场风险太大。我就听说，有一家大型国企开拓南美市场，投资几百万美元建自行车厂，不到3年赔得血本无归。尽管有发展基金支持，但企业终因损失巨大而逐步退出国内外市场。

但到1997年底，我们集团申请使用国家外贸发展基金时，国务院指示要按商业借款模式办理手续，同国家进出口银行签订借款协议，不仅要归还本金，还要支付比银行同期利息略低的“使用费”。

这下我的麻烦来了。过去是“跑部钱进”，如今不但要跑“部”，还要跑“行”，申办环节多多了。

11月24日，集团杨总裁和财务处陈处长带着我，到外经贸部“认门”，与相关司、处进行业务对接。

这是我第一次为筹办商务中心而赴京，也是第一次走进外经贸部。此后的一年多时间，我8次进京办理借款事项，留京奔波61天。其间经历一言难尽，但有两件事至今记忆犹新。

一件事是：1998年1月19日，首都进入严冬，冰天雪地。上午去办事单位，由于堵车，抵达时已到午休时间。我不好意思打扰人家，就在附近路边小店买盒快餐充饥，随后回到机关门前来回踱步暖身。门卫按规定客气地让我离开，可一会看到我在街角冻得哆嗦，心有不忍，便领我进门卫室避寒。挨到下午上班时间，门卫赶紧帮我打电话跟里面联系，并特别说明，人都在门口冻了一中午了。见此情景，我虽然身上还冷，心里却暖乎乎的。说来也怪，后来这个单位的报批手续，办得还挺顺。

另一件事是：头天上午我到某部委上报材料，办事员提出补充修改要求。我当即返回宾馆退房，赶去机场临时补票飞回福州，连夜修改完稿；第二天一早到集团总部请领导审定，加盖公章，随后立马直奔福州机场飞往北京。下午4点不到，我又出现在那位办事员面前，递上按他的意见修改完成的报批材料。他翻阅着材料，不无诧异地问：你们集团，在北京也有公章吗？

1月22日上午，外经贸部西亚非洲司副司长召见我，要我们集团同时承建贝宁中国商务中心，所需经费自行解决。贝宁是尼日利亚西部邻国，人口约1,000万，国土面积11万平方公里，分别是尼日利亚的十二分之一和九分之一，经济建设主要依靠尼日利亚。我向集团总部通报了外经贸部的新要求。集团领导层经过调研决定，首先集中精力把尼日利亚中国商务中心建好，之后再考虑贝宁方面的建设。这一意见上报后，得到部里的认同。

4月13日，我进京去见外经贸部西亚非洲司魏司长，请示如何办理建设资金借贷手续。魏司长说，按银行贷款模式使用中央外贸发展基金，你们集团是第一家，没有现成的路可走，要靠你们自己摸索。他给我写了张介绍信，让我直接与进出口银行赵行长联系。

第二天，我拿着介绍信面见赵行长，经他和信贷二部穆副总经理介绍，我基本弄清了申请使用中央外贸发展基金的程序方法。为提高办事效率，我按照在军队形成的工作习惯，把这个申办项目明细化，做成一个“工作步骤及完成时限统筹图”。

6月27日我再次赴京，将申办统筹图交给魏司长审阅，请他看看是否有什么不妥。他看后指出几处需要改进的地方，并要我修改后留一份下来。他说，这个图不错，还有几家公司正在申办非洲中国商务中心，司里可以发给他们做个参考。

9月3日下午我得到消息，外经贸部关于设立尼日利亚中国投资开发贸易促进中心的报告已经国务院批准，可以启动使用中央外贸发展基金的办理程序。由于前期准备工作充分，接下来的事可说是“水到渠成”。10月，我们集团完成了使用外贸发展基金的所有手续。11月20日，国家进出口银行转付的建设资金全部到账。

粮草既备，师出何名？按我们集团的不成文规定，所属新公司起名都要以“华”字打头。因此，我给这个挺进非洲尼日利亚的公司，起名为“华旭投资贸易有限责任公司”。“华”，自然意指中国；“旭”，本意是太阳刚刚升起的样子，字形上看是九个太阳，可指炎炎非洲；“华旭”组合，意即“中华之光”。公司英文名是“CFN”，由“Chinese friends to Nigeria”这一英文短语的单词首字母组成。意思是，中国朋友到了尼日利亚。我所起的公司名，得到集团领导集体和同事们的认可与赞誉。

12月27日下午，我第8次飞赴北京，快马加鞭完成各项收尾工作。因为我已经答应先期赴尼打前站的小许、小姚二人，必定在年底前赶过去与他们会合，并订好了30日飞尼日利亚拉各斯的机票。

28日上午，我先来到外经贸部相关司处，听取指示并辞行。见到已调任人事司的魏司长时，他握着我的手说，要有艰苦奋斗的思想准备，依靠所在国中国大使馆商务处做好工作。

接着，我赶往北京三里河贝宁共和国驻中国大使馆，向大使先生介绍了我们集团建设贝宁中国商务中心的想法，并承诺，等尼日利亚中心的建设一有眉目，就前往贝宁考察。随后，我走进同在三里河的尼日利亚驻中国大使馆，领取请他们办理的赴尼签证，并向卡操雷大使辞行。大使先生十分随和，希望我们能投资他的家乡，推荐共同开发石油项目。几年后，他的家乡涌入大量的中国商品，中国石油公司也陆续涉足尼日利亚油气领域。这，自然是后话。

下午，我首先去了国家进出口银行，感谢有关领导和工作人员对我们集团“走出去”的支持，表示会定期向银行报告商务中心的工作情况和基金使用情况，这也是资金使用方应尽的责任。

最后，我按要求再次来到外经贸部，向有关领导报告了会见贝宁和尼日利亚两国大使的情况。

当晚，飞回福州。

到了该向亲人们告别的时刻了，其情其景，难以详述。当然，最让我揪心的，是年迈的双亲。尽管他们都是性格坚强的离休军人，都十分清楚国家开拓国际市场的紧迫性与重要性，但独生子的远别、久别，仍然形成强烈的心理冲击。29 日晚 8 时，我来到南京军区福州总医院。父亲因罹患癌症，在这里住院接受治疗。在病床上，我第一次很男人地拥抱了父亲。他是 1938 年初参军的八路军老战士，也是我一生最敬重的人之一。我对父亲讲，我 16 岁离家，从军 17 年。这次，您就当我又去服几年兵役吧。

随后，我回家看望久候着的母亲。母亲拉着我的手说，自古忠孝难两全，既然上级领导派你去非洲，你就好好干，别总念着家里，要注意身体和安全。母亲是 1940 年参加天津和北京地下党工作的老党员，相信自己的儿子能够战胜困难，凯旋而归。接着，她递给我一张字条说，这是父母

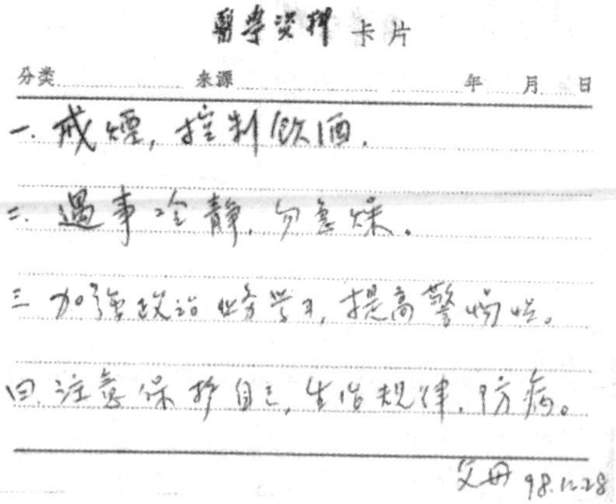
卡片

分类　　来源　　年　月　日

一、戒烟，控制饮酒。

二、遇事冷静，勿急躁。

三、加强政治学习，提高警惕性。

四、注意保护自己，生活规律，防病。

父母 98.12.28

▲ 母亲的字条

的嘱托，日后常看看。

有什么好说的呢？我只有加倍努力，多做奉献，拿出优异业绩，以报二老养育之恩。

12 月 30 日中午，集团领导集体来为我们送行。我和我们商务中心的陈副总经理搭机飞香港，转乘法航班机经巴黎飞尼日利亚。约 33 小时后，我们顺利抵达拉各斯市穆罕默德机场。那是当地时间 1998 年 12 月 31 日 17 时 27 分，北京时间 1999 年 1 月 1 日 0 时 27 分。至此，开启了我在尼日利亚工作和生活的十年历程。

第二章　打造温馨的家

飞行结束，我俩走出机舱。第一次踏上非洲的土地，只觉热浪阵阵迎面袭来，没走几步，秋衣尽湿。尼日利亚给了我第一个感觉——酷热！

过了廊桥，还没接近堵在接机厅门口的人群，就见两名穿灰色制服的男子迎了过来，一人刚想向我发话，有位年轻中国男子赶紧上前拦住，拿出一本红色证件递给他们，并说了几句什么。那二人查看了证件，随即悻悻离开。

“你是商务中心岗总吧？”中国男子问。我回答“是”。他与我握着手，自我介绍说：“我是中国大使馆商务参赞处王秘书。欢迎你们来到尼日利亚。”说着向我身后的陈副总点头示意，领着我们走向签证大厅。路上，王秘书介绍说：刚才拦截你们的是尼日利亚移民局的人，一旦被他们缠上，免不了要有所破费。拉各斯机场比较乱，凡有重要客人到来，大使馆都会派人进场接机，以避免发生不愉快的事情。

有王秘书帮助，我们顺利通过了尼日利亚移民局和海关的检查，在候机厅外见到分别已8个月之久的小许和小姚，大家都很激动，互道辛苦，互致问候。随后，我们前往停车场，一路上但听人声鼎沸。目光所及，人头攒动，熙熙攘攘，不禁让我有了第二个感觉——人，真多！

我们一行人坐上大使馆经商处的越野车到达住地。大家正调侃着当地的天气，车窗外已见到拉各斯跨海大桥，而引桥边停放的蓝色装甲车格外引人注目。王秘书介绍，前段时间拉各斯发生骚乱，警察局把装甲车开到桥边，就是为了防止骚乱人群毁坏桥梁，冲击机场。

听了这话，小姚也开言道，去年6月，我国一家渔业公司的19名船员，被东部瓦瑞地区的反政府武装扣押。王秘书和他带着一名当地司机及一名保安前往解救，配合渔业公司成功救回了船员。返程中，瓦瑞市发生武装暴乱，一个警察局被捣毁，数十名警察被杀。他们二人与司机侥幸安全返回，但随行保安出去探路至今未归，生死不明。

听了这些，我心头沉甸甸的——社会动荡，治安混乱，身处如此环境，生存与开拓难度倍增。这，也是我初涉尼日利亚的第三个感觉。

来到临时住所，晚上，大家围坐一块，品尝着小姚掌勺做的菜，喝着当地产的星牌啤酒（Stars），伴着楼下发电机的轰鸣，交流着商务中心建设设想……直到夜深。

次日，正是当地时间1999年元旦。上午10时，我们四人集体前往我国驻尼日利亚大使馆报到。虽然是国际假日，吕大使仍然着正装接见了我们。简单寒暄后，我向他介绍了商务中心人员构成情况，重点汇报了今后的工作思路。吕大使肯定了我们的想法，指示我们尽快完成商务中心的基础设施和商务信息建设，更有效地承接中尼经贸往来工作。

至此，我们商务中心正式踏足尼日利亚。然而，要实现真正立足，仍任重道远。我们面前的首要任务，就是要攻克吃、住、行三大难关，倾全力建好一个家。一个能够遮风避雨、安身立命之所。为我们自己，更为所有前来尼日利亚从事贸易和投资的中国商人，提供可靠的生存保障。

一、购车不易出行难

元旦那天我们上大使馆报到，借用的是商务参赞处的轿车。按国际惯例，非外交人员不能使用悬挂外交牌照的车辆，我国外交部对此也有明确规定。我们尼日利亚中国商务中心是政府商务部门，不属外交机构。因此，王秘书要求我们，在归国述职的兰参赞返回前，尽快归还所借车辆。

当年在尼日利亚拉各斯市，汽车就已经是生活工作的必需装备。这不仅仅因为城市各区较为分散，有车外出办事快捷方便；更因为市区治安状况很差，莫说步行，就是乘坐的士或公交，也未必有多大安全保障。在城区里当街抢劫不算什么稀罕事。小许和小姚有次坐公共小巴士去我国大使馆，在市区的路上遇到持刀劫匪劫车，幸好司机反应机敏，紧急加速冲破围堵，才化险为夷。

听了二人的介绍，我们决定把解决出行问题列为当务之急。毕竟在三大难关中，这是一个比较容易攻克的环节。

购车波折

下决心买车后，我们到市内不多的几家车行选车。二手车太烂，大都是欧洲五十或六十年代的淘汰车型，无法适应我们的工作需要。新车中，欧美车较贵，日本车相对便宜。就买日本车吧，但要找一个好的车行也不容易。印度人开的店，价格高且对我们有抵触。当年那场边界战事的大溃败，至今让他们耿耿于怀。本地车行老板简直不像个正经买卖人，把我们当作“中国穷小子”爱搭不理，甚至出言不逊：没带钱别来我这瞎转悠。可他的本田思域1.6升轿车要价135万奈拉，是我询问过的最低价格。没办法，我只好忍住气，要求他卖给我们一辆。

▲ 1999年1月许文章与商务中心新购买的汽车合影

第二天上午，我们带着相当数量的美元现金，回到这家本田车行。等了两个小时，那老板才姗姗到来，来了后又说法律规定不许用美元交易，

▲ 1999年4月所购接待用面包车

他只收本国货币奈拉，但可以先收部分美元作为定金。我看他的车行挺大，就按他说的办，尔后与小姚在店里盯着他，陈副总和小许去银行换奈拉。谁知等他们办完手续回来时，车行老板又变卦了，他说，刚接到通知，这款车涨了价，要加价11%即15万奈拉，总价款150万奈拉。我立即决定——退购。实在太“黑”了！

第三天，我们无奈再次前往印度人的车行。同一款车，前天询问是140万奈拉，如今加价10万，总价款也是150万奈拉，而且要现金！要知道，当时尼日利亚发行的货币，最大面值的不过50奈拉。

买吧！谁知会不会打个转身，车价又继续飙升呢？我们到银行取现，足足装满了3个编织袋。返回时，我们专挑车挤人多的路走，生怕被打劫。

钱送到车行，刚开始点一会儿钞，印度人又搞怪了。他说，这么多现金，一时半会点不清楚，还是交到银行去。我真气啊！在国内，顾客是上帝；在这儿，孙子也不如。我强压下心中怒火，让他们带上车行会计返回银行缴款。尽管大费周折，当天还是把新车开了回去。

在兰参赞返尼时，我们开着新买的轿车去接机。他打量着新车说：有了车，你们中心就长“腿”了；看来，这段时间你们工作没少做。

此后，我们陆续又买了两辆面包车和一辆二手轿车，进一步增强了商务中心的接待能力，提高了办事效率。

车管事端

2002 年，我们商务中心为装修新的办公楼和接待住宿楼，特地从国内聘请了一位电工师傅老蔡前来监工。老蔡师傅也懂修车技术。因此，我安排他兼职车辆管理。

此时，我们中心已配置三部汽车，聘用了三名当地司机。先前，车辆维修都由司机自己去办，打个招呼就行。修车行由司机他们自己定，我们顶多就维修费用去砍砍价，最后凭相关单据签字报销了事。老蔡管车就立了许多规矩，尤其是车辆维修项目必须经过他的检查认可，所需费用必须由他监管支付。这可动了司机们的“奶酪”，并引发一场事端来。

有一天，司机阿萨基（音译）到我办公室抗议，说老蔡把他开的轿车引擎盖支撑杆弄断了。

我来到车前，老蔡正在查看损坏处。我问他怎么回事？老蔡回答，刚才路过时见引擎盖是开着的，动了一下，支撑杆就断了。

我观察了一下断裂处，发现有钢锯锯过的痕迹。二人的分析不谋而合，是人为锯断的。我明白了——司机们不满对修车加强监督，想以此诬陷老蔡。

此时，另两个司机詹姆斯（音译）和法鲁易（音译）也靠了过来，他们都指认是老蔡搞坏了车子。蔡师傅听不懂英语，愣愣地站在那里。滑头的詹姆斯又说道，这个引擎盖支撑杆很重要，不修复往后就无法修车了，并主动要求去找人来修。

我没理睬詹姆斯，问老蔡是否能修？他说用电焊机焊一下就行。我马上开车，带上老蔡到大使馆借了台电焊机。回来后，老蔡当着三位司机的面，把支撑杆重新焊牢。我告诉他们，是谁搞坏的，这次我不追究；但今后车子有了故障，还得由蔡师傅鉴定后送修！

此事让司机们学了乖，从此与老蔡相安无事，还学着用中文称呼“老蔡”。自然，我们中心的汽车维修费也有所减少。

军营买油

尼日利亚是原油生产大国，但炼油能力不强，成品油大多依靠进口。我们进驻拉各斯的头两年，汽油不能正常供应的情况时有发生，有时要在加油站彻夜排队等候。这让我十分头疼。没有油，再好的车也形同一堆废铁。有次要去外地办事，上午我让司机开车去加满油，可到了下午4点还不见回来。我急了，带着小姚去看看究竟。我的天哪！加油站等候加油的车子摆起了长龙，少说也有上百辆。

我们的司机见我急得跺脚，靠近来悄悄告诉我，那边有个军营，也许能买到点油。我就让小姚去试试。

小姚走过去敲开军营大门，与持枪哨兵交谈了几句，转身冲我们招手。我们赶紧把车开过去，进去后发现这是个军方车队的驻地。小姚在警卫带领下进入一间办公室，不久便同一个军官模样的人一块出来，对我言道，买高价油吧。

我赶紧按说好的价格付钱，那军官让一名士兵到仓库提来整桶 50 升汽油。我曾是一名中国军人，见到当兵的自然有种特别的感觉。但自始至终，没见那尼日利亚军人露一丝微笑，更甭谈有任何言语交流了。

扣车风波

在拉各斯，被有关部门检查扣押时有发生，商务中心会计小沈就实实在在领教了一回。

2003 年 4 月的一天，小沈开车到会计师事务所处理账务。回来时，被几个便装男子拦住。其中一人拿张卡片在他面前晃了晃，说他们是“SS”（秘密警察）。他讲小沈开车没系安全带，因此给予扣车处罚。说着，几个人上来强拉小沈下车。

小沈赶紧说：没车我怎么回去？我开回去你们再扣车！

那几个人想想也有道理，便派了一人坐上副驾驶座，押着小沈开车回家。路上，那个所谓的“SS”对小沈说，给他三万奈拉（约合人民币三千元），便可以不扣车。其实，小沈心中早有盘算：

回尼日利亚中国商务中心要经过我国大使馆，届时拐过去再与他理论。这下看他露出索贿面目，心里更有底了。

当汽车开到中国大使馆门前时，那个押车人猛然醒悟，起身与小沈抢方向盘，停车后又抢拔车钥匙。无奈他力气不济，未能得逞。

小沈紧紧抓住车钥匙，冲着大使馆护卫警察大喊：He is a bad man！To get my car！（他是坏人！要抢我的汽车！）

刹那间，两名手持AK47步枪的武装警察冲出岗亭径自奔来。那人见大事不妙，急忙下车，用当地语言跟警察解释。因小沈常到大使馆办事，与众护卫大都混了个脸儿熟，警察看看是他，毫不客气地把那个什么“SS”赶走了。

虽说是有惊无险，可小沈还是攒了满满一额头汗。

但有时就没那么幸运了。

来尼后，我们一度想创办个农场，以解决自己及客商的肉菜供应问题。经熟人牵线，1999年3月15日，我们前往与拉各斯相邻的奥贡州考察农场。农场主是一位退休将军，他领着我们参观菜园、渔场，重点介绍了养猪场。当年在尼日利亚，农户养猪基本不骟，以致市场供应的猪肉臊味极重，根本无法入口。因此，自己办个养猪场就成为大家的梦想。

结束考察离开时，老将军为表示友好并感谢我们送给他中国产礼物，特意准备了几十斤活鱼和几只鸭子作为回礼。

返程途中，大家正有说有笑开心着呢，车子忽然就被一伙穿着各色服装的执法人员拦了下来。他们草草询问一番后告知：你们持有的证件只能在拉各斯州范围活动，到其它州就违反了相关规定；现在要扣押这辆汽车，人员回去听候处理。说话间拦了辆公共汽车，要我们上车离开。

那可是商务中心才买来两个月的新车呀！我们好话说尽，整整磨了两个小时，还把车上带的鸭子和鲜鱼全数奉上，才勉强脱困。

应对路检

由于当年拉各斯治安状况不好，警察执法也较为随意，像临时路检，对开车出行的人来说，简直就是家常便饭。这一方面能够震慑犯罪，增强人们出行的安全感；另一方面也带来麻烦——若被“检”上，少不了要破费，留下买路钱。

有一次，我开车带两名新聘用的接待员去接机。我们所住的维多利亚岛到机场有 45 公里路程。虽说都是大路，但来自欧洲的飞机大多是 19 时以后抵达，这也是拉各斯市一天中最不太平的时段。果然，我们在半路上遇到警察临时设卡检查。一位接待员有些紧张，连声提醒我：前面有警察！有警察！

车开到哨卡前，被两名持枪警察拦住。其中一人用英语发问：“Master, good weekend！ Where are you going to go?(主人，周末好！你们要去哪里？)”

我用中文回答：“什么？听不懂。这是去机场的路吧？飞机。”

说着，用双手做鸟飞状扑翅了两下。自然，他们也不知我说了什么。

警察见我不懂英语，无法沟通，似乎也没有什么油水可捞，挥挥手让我们走了。

车开出一段距离，两个接待员忍不住笑出声来……

我不是教他们蔑视警察，只是用事实告诉他们，遇事莫慌，从容应对。随着商务中心工作逐步走上正轨，我们在祖国陆续招聘了一批新员工，分别担任业务员和接待员。他们都是第一次出国，见到黑人心里发怵，遇上警察更是心里打鼓。上岗前，我都要亲自对他们进行外部事务处置培训，并通过实践让他们熟悉环境，建立自信，尽快适应自己所担任的角色。

临检之类的事多起来，我建议大家外出时遇到警察设卡，可以适当给点钱，事后经过报批由中心给予报销。但有些员工对无端被敲竹杠深感气愤，能不给就不给，能少给则少给。业务员小李就是典型的一个。

这天小李同司机阿萨基外出办事，路上遇到警察盘查。几句问答之后，小李递给警察一张奈拉。

警察接过一看，只是20奈拉（值人民币2元左右）！顿时火上心头，严词训斥小李："我是有尊严的人。你这么点钱还想贿赂我！"说着把钱扔了回来。

小李急忙辩解：我也是刚来尼日利亚，也没挣到钱！

司机阿萨基一旁搭腔道：中国人小气！给我们工资也少！

那警察更有话讲了："你要尊重我们的人。他们很辛苦，要多给他们钱。走吧！”

后来，阿萨基还很认真地找我理论：“主人，警察都说，你给我们的工资太少了。”

险撞警察

这件“好事”发生在自财务经理小魏身上。

小魏先后在尼日利亚工作了6年，是个名副其实的“老尼”了。他有轻度近视，但一般不戴眼镜。

这天下午，他开车到超市购物，回来时天色已暗，碰上警察设卡路检。当时警察设的卡，是用废轮胎堆个路障，既能挡子弹，又可以防车辆撞击，设置和拆除也方便。

小魏看见有警察挥手示意，让他向右靠边停车。他一打方向盘，不知怎么的就结结实实撞在路障上。“嘭”地一声，轮胎堆上坐着的一名警察应声滚落。人的肤色黑，制服黑，轮胎堆也黑，天色更黑，再加上眼神不济，活该着小魏倒霉。

尽管没真正撞着，但惊吓着实不小，那警察拍打着衣裳，骂骂咧咧走了过来。小魏赶紧下车赔不是，好话说尽，随身所带两千多奈拉赔个精光，方才脱身走人。

小魏回来向我报告此事。我听后很确定地告诉他，敢撞警察，责任自负。赔的钱自己承担！

我俩心里都清楚，尼日利亚警察没事还要找事，若真撞上，那事就大了。

二、居有定所苦亦甜

家，是所有中国人最感亲切的一个字眼，它的基本含义之一就是固定的住所。我们中国商务中心存在的意义，就是要成为所有中国商人的尼日利亚之家。供大家在这里歇脚休息，养精蓄锐，谋划布局，开拓市场。

临时住所

我们初到拉各斯时，住在一套三居室住宅里。那是一栋四层小楼，共有十个单元房，住户大多是各国大使馆人员，相对安全。房东是一位当地富商。打前站的小许和小姚介绍，这套住宅是大使馆商务处通过华侨胡先生租的。包括水、电和保安费在内，月租金 1,200 美元。按当时汇率折算，约合 9,960 元人民币。这在中国已是天价了。

这套住房离我们的需求相差太远，只能过渡性住住。

按外经贸部的要求，我们商务中心必须在驻地拥有自己的房产。可有了买车的体验，我相信买房更不容易。我们决定，采取先租后买“两步走”的办法解决房子问题，即先期租用一处面积足够大、具备接待条件的房产住进去，如果确实合适再洽谈购买事宜。买车之后，我们得空就开车四处转悠，寻找房源。

一次，我们在路边见到一栋房子，围墙外挂了“Sell”（卖房）招牌，瞧着感觉不错，就下车拍照留作资料。正忙活着，院子大铁门突然打开，冲出七八个手持铁锹、木棒的壮汉把我们围住，大吼"不许拍照"！我急忙解释，我们是来买房的。他们说，房子是主人的，要买房，叫主人来。我按他们说的号码与房产主人电话联系，不一会儿，那人开着一辆老旧的奔驰车来了，很绅士地问我们是否要买房。得到肯定的答复后，他挥挥手让那伙持械人撤到一边，告诉我们叫个律师来谈。我要求先进房看看。那人讲，律师来了再看，现在不许拍照！

有了这次教训，我们再外出找房时，看到中意的也不下车了，就猫在车里拍拍照随即离开。

经过一个多月的奔波，3月3日，我们租下了一处可住一二十人的旧院落——阿穆都·迪佳尼（音译）房产。尽管也不十分理想，但比那三居室可强多了。

整理和装修这处房子可没让我们少操心。光是装修材料，所报的价格就要比中国国内高出3到5倍。为省点钱，我们多次跑市场自己去买。然而，要不就找不到合适的，要不就比装修工的报价更贵，而且不让砍价。另外，中尼两国房屋装修理念差别太大，许多时候我们得亲自动手做示范。

▲ 1999年1月4日租住房外楼

为保证入住后的水

▲ 作者开始在临时住所办公

电供应，我们在后院盖了发电机房、抽水机房和蓄水池……个把月时间，四人忙得昏天黑地，人人都承受着精神和体力上的重压。不料，一场内部冲突不期而遇。

3 月 25 日那晚，我们拖着一身疲惫回到三居室住所。恰巧又碰上大面积停电、停水、停煤气，小院的自备发电机也坏了。女佣 YOYO 无奈地解释了这些情况。为了让我们能填填肚子，她用自己的小煤油炉给每人做了一个土豆饼。因室外蚊虫多，大家摇着扇子，默默呆在近 40 度高温的客厅里，就着当地产的瓶装水，吞咽那难吃的土豆饼。

这时，曾在多哥工作过三年的陈副总发话了，提出应当给每人发些零花钱，用作路上买水喝，或给当地人小费什么的。

我讲，财务不都在身边嘛，付小费、买东西他办就行。

陈副总反问：那财务不在怎么办？当地人以小费认人，谁给听谁的。他们都听财务的，我怎么开展工作？这段时间我给小费都是掏自个儿腰包，在非洲没这样的！我不干了！

我连忙说：咱们这才刚来，许多制度要逐步建立。用公款付

▲ 阿穆都·迪佳尼房屋外景

小费，在国内没遇到过，该怎么办大家商量。我不也是自己掏钱付小费嘛。

有人随即附和我的话，并开玩笑说：反正装修结束岗总会发奖金的，不然，陈副总的小费我来付！

陈副总听后很生气，大声道：谁要你付！

我急忙打圆场，并用商量的语气说道：因公付小费，是不是可以记录下来，每月报销一次？

陈副总气还没消，便嘟囔说：我没那么多钱付小费！一甩手转身走向阳台。

因为太热，又没有电，那晚随后的一段时间，我们四人是在附近一家casino（赌场）度过的。我们不懂、没钱也没兴致参加赌博，吸引我们的不是骰子声，而是那儿的清水、光线和空调吹出的清凉……

经过这次不愉快事件，我们商务中心很快出台了因公务所付小费的报销办法，即给付人登记，证明人签名，月底财务审核，集中报批，实报实销。这套做法，后来被许多在尼中国公司效仿。

1999年4月2日，尼日利亚中国商务中心迎来第一批住客——

杭州卷烟厂 7 人考察团。我们把条件相对较好的三居室全部腾出来用于接待，自己搬进修缮中的新租房打地铺。尽管睡梦中常常遭受大个头蚂蚁和不知名小虫的轮番攻击，大家心里仍然美滋滋的。中心的接待功能正式启动了，三个月的心血没有白费。

在阿穆都·迪佳尼院落，我们商务中心坚守了四年多，其间发生了许多事，有两件事值得说说。

一件事是宣传中国。我读书时恰逢“文革”，又少年当兵，没受过多少正规学校教育，因此英语底子差，在尼工作压力挺大。为有所提高，我经常在下午下班后，叫上会英语的司机、门卫及女佣闲聊，向他们介绍中国的风土人情和改革开放，增进相互间了解；同时也练练自己的“西非英语”，熟悉一下当地民族语言。

转眼到了 10 月。我第一次在国外迎来我们共和国的生日，而且是五十周年华诞。当晚，我们集体围坐在电视机前，收看 CNN 播出的我国相关庆祝活动，尤其是大阅兵新闻（当年在尼日利亚收不到 CCTV 节目）。尽管只是一些片段剪辑，但仍让我们这些海外游子激动得热泪盈眶，振臂高呼“中国万岁”！我们为祖国的强盛而自豪，为自己能够在海外为国

▲ 内部厅房

效力而自豪。

▲ 厨房餐厅

年底回国述职，我向外经贸部的同志要了两张建国五十周年庆祝活动的VCD光碟，带回了尼日利亚。其中一张，我交给熟悉的中国客商相互传看。另一张，用作内部播放。中国员工看完后，我意犹未尽，专门用两晚时间，分批组织当地雇员欣赏。我让大家把电视机和VCD搬进院子，拿来两台风扇驱虫降温，市电停供就自己发电放映。片中中国军人威武雄壮的口号和主持人慷慨激昂的解说，甚至吸引来许多路上的行人，聚集在中国商务中心大铁门外驻足观看。

雇员们对中国的发展和强大感到惊讶。女佣YOYO问我：“主人，中国这么富强，你为啥还要来我们尼日利亚受苦？”我告诉他们：“我们来，就是要把中国的好技术、好商品介绍到尼日利亚，就是要引导中国企业家来搞投资开发，帮助尼日利亚和中国一起发展，让大家逐步过上好日子。”

有位国内住客提醒我，这么样宣传中国，是否会引发当地政府干涉。

我理直气壮地告诉他：“这是我们的‘私人领地’，在这儿宣传些什么，我有这个权利；况且我在宣传美好的生活，放在哪

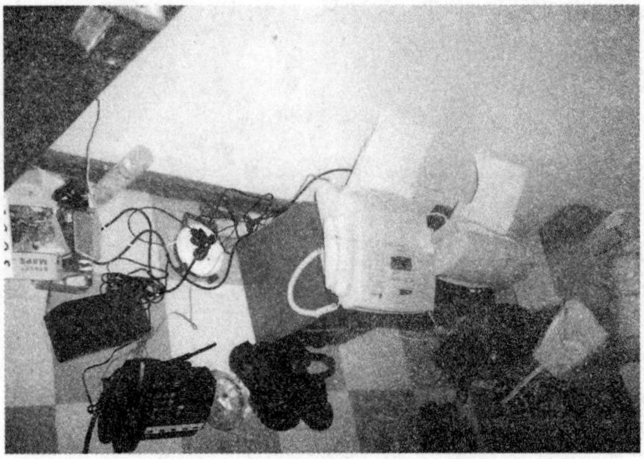
▲ 仓促入住阿穆都·迪佳尼

儿都没错。”

第二件事是春节燃放鞭炮。2000 年 2 月 4 日是中国农历除夕，我在尼日利亚过的第二个春节。与上一年不同的是，我们在自己的阿穆都·迪佳尼院落里过节。

从下午开始，驻拉各斯的几家中国公司员工，陆续来到我们中心，大家一起动手，准备了一桌相对丰盛的年夜饭。每逢佳节倍思亲，何况海外创业人。大家边吃边谈，把酒言欢，不觉已到深夜零点。旧岁新年相交之际，我们按中国传统习俗燃放鞭炮，尽欢而散。

也就过了不多一会儿，商务中心院墙外突然警笛大作，警灯闪烁，人声嘈杂。发生了什么事？我还没入睡，赶紧打开院门出外查看。只见司机丹尼尔闪身进来反锁铁门，快步走到我跟前低声言道：刚才这里放鞭炮，警察以为发生了枪战，现在把我们院子围起来了。

我这才明白，在尼日利亚，城市里是不许放鞭炮的。我赶紧请丹尼尔去向警察解释，农历除夕夜放鞭炮是中国传统习俗。我们初来乍到，不知道当地规矩，请他们谅解；并取出 5 千奈拉，让丹尼尔转送给警察。收了“辛苦费”，虚惊一场的警察们才开车离去。

此后，每年临近春节，我都会请中国乡亲相互转告，别在城里放鞭炮，以免出现麻烦。

购买房产

租住阿穆都·迪佳尼房产之初，我们就没有把它当作购买的目标，毕竟它的面积较小，接待能力有限。随着中尼两国经贸往来逐步增多，来尼的中国客商队伍日益扩大，也就逼迫我们必须加快购买大型房产的步伐。

在寻找目标房产过程中，有件事对我刺激挺深。那是2001年4月23日，经一个尼日利亚朋友牵线，埃基蒂州州长邀请我前往该州考察。会见时，双方就中国企业加大在埃基蒂州的投资、开发利用当地资源等问题，进行了友好交谈。晚餐后，热情的州长先生安排我们入住州政府贵宾招待所。晚8点，我们一进宾馆，院落里的大型柴油机立即开始发电。偌大的楼里只住了我们三人。进了屋子，我发现没有浴缸与淋浴龙头，甚至没有水。我让同行的那位尼日利亚朋友联系一下，看怎么解决洗澡的问题。没过一会儿，一名宪兵（MP）拎着两塑料桶水进来，认真地说，水不够，再叫他。我表达了谢意，合衣而卧。深夜零点左右，发电机关停了，我们在闷热中熬到天明。

这还是州政府宾馆！我在心里暗暗告诫自己：我所管理的中

国商务中心，决不许给来客留下如此不愉快的经历。

就在大家为选购房产而发愁的时候，好消息来了：尼日利亚政府要求，原先设在旧首都拉各斯的各国大使馆，应限期迁入新首都阿布贾。这就为我们购买大使馆房产提供了机遇。

在中国驻尼大使馆及商务处的推荐和帮助下，我们中心先后同澳大利亚、法国、利比里亚、苏丹和韩国等国大使馆洽谈过购买房产事宜。其中，与韩国的接触挺有意思，那是经我国大使馆政务参赞况先生介绍的。

一天，况参赞叫我过去，说韩国大使同意与你见个面，谈谈他们馆舍出售的事，那位大使也非常关注你们商务中心的建设，交谈中要留心。

我按约定时间到韩国大使馆与大使见面。交谈中，他问我买这处房产做什么用。我回答是本公司在尼发展业务需要。

大使先生又问：“你们公司做什么业务？”

我说：“做贸易，主要是卖鞋子、蚊香等日用商品。”

他不相信，说：“我好像听说你们是做促进中尼两国经济贸易往来工作的？”

我说：“每个在尼的中国公司都负有这样的使命。韩国公司大概也一样吧。”

大使先生看套不出什么情况，就让一位秘书陪我们在楼下转了转。我们要求上楼，秘书说楼上正在工作，外人不宜进入。然后推说有事，把我们给礼送“出境”了。

没过几天，韩国大使馆给我们中心发来公函，称他们的馆舍另有他用，感谢咨询等。其实我心里明白，他们就没想真谈成交易。毕竟不在一个阵营，因为曾经枪炮相见。你不要，他会想方设法塞给你；你要的，他就千方百计让你得不着。

后来，我们紧挨韩国大使馆建起新的尼日利亚中国商务中心。正式入住的那一天，我穿戴整齐，在院子前高高飘扬的五星红旗下，冲着邻舍双手插腰，昂首站立良久，我要让那边看看——中国人，来了！

我们新的商务中心，就选在伊叠久（音译）原古巴驻尼日利亚大使馆。经我国大使馆牵线，两个社会主义友好国家的这笔买卖没费什么周折。2001 年 12 月 17 日，我们中心与古巴大使馆签订了购买房产合同，并由双方律师完成了全部法律手续。

这件事还惊动了两国外交部。12 月 29 日深夜，外经贸部西亚非洲司的一个官员打电话问我："你们在尼公司叫 CFN 吗？"我说没错。他又问，"你们是否购买了古巴驻尼日利亚大使馆房产？"我回答"是"。他随即说：

▲ 2001 年 9 月 4 日，作者与古巴驻尼大使接洽后合影

▲ 12 月 17 日，作者在购房合同上签字

"没事了，睡觉吧。"第二天我到中国大使馆商务处了解情况，得知是古巴外交部通过我国外交部了解这场交易的可靠性，怕碰上商业诈骗造成损失。

2002 年 1 月，我们开始对伊叠久房产按照中国国内宾馆的标准进行装修。这时，正遇上中国大使馆更新设备，换下来的冰箱、空调全给了我们，简单做些维修就可以安装使用。我们又先后在国内购买了一批品牌电器、办公家具及各种接待设备。按照边装修边入住边办公的要求，我们克服种种困难，加快施工进度。当年 11 月 12 日，中心全体人员入住新址，一起迁入的还有多家中国摩托车公司驻尼员工。又经过大半年的努力，2003 年 8 月 18 日，"尼日利亚中国投资开发贸易促进中心"新址正式挂牌启用。

遭遇打劫

新的中国商务中心开张，众多中国客商入住，成了吸引拉各斯各界眼球的一件大事，自然也受到犯罪集团的觊觎，一场大祸从天而降。

2005 年 10 月，福建省叶副省长受尼日利亚政府商业部邀请，带团出访阿布贾和拉各斯。我负责全程接待。26日考察行程结束。下午在机场送别代表团后，我回到中心宿舍，财务小沈走了进来，要把两万美元“应急款”交还给我。

从我进入尼日利亚开始就做了规定，美元现金都放在我这里保存以备不时之需。但最多不能超过两万美金。这笔钱是拉各斯所有中国人的“救命钱”。中国大使馆与我们商务中心有口头约定，一旦拉各斯发生重大骚乱事件，各中国公司驻尼员工将全体撤入我们中心，待汇合了大使馆人员后，一起前往海边找船撤离。

我一周前刚从国内回来，这几天又陪同接待福建省代表团考察，因此这笔应急款都由财务小沈暂时保管。我告诉他明天再拿过来，让我先歇息一下，对对这几个月的账。

27日零时刚过，我正准备睡觉，忽听有人敲门轻声叫道：“Master， Master！”（主人，主人！）

我所住房间在二楼进口处，以前也发生过半夜敲门的事，都是临时来了中国客商，门卫来叫我出去安排住处。此时，我应了一声就去开门。门一打开，霎时闯进三名黑人大汉，人手一枪指向我的头。他们身后蹲着七八个穿着短裤、光着膀子被劫持的中国人，其中两个是前几天入住的香港商人。再后面还有几个劫匪。

打劫！我大惊失色，退了两步，连声道：“Chinese、Chinese”。有个身高一米八几的壮汉挥拳朝我打来。我自幼习练南拳，当兵后又学过格斗技巧，一个撤步就躲闪过去。

他们也不纠缠，一人持枪看着我，其他几个开始在房间里翻找钱财。劫匪看到我床头柜上有《世界军事》和《轻武器》杂志，认为我有枪，大声叫："Give me your gun！"（把你的枪交给我）

我回答："I come from the Chinese embassy, I don't have a gun！"（我是中国大使馆的人，我没有枪）我用不流利的英语告诉他们，我们是中国一个外事机构。中国人和尼日利亚人是朋友！你们要钱，天亮我到银行去取给你们。

劫匪不想听我唠叨，把我推出房间，继续翻箱倒柜搜寻。

在屋外，我看见中心员工小吴蹲在地上，冲我微微摇头。这位中国武警退役战士的知会我明白，不要反抗。我们赤手空拳，拼不过七名武装劫匪。任何莽撞，都有可能酿成血案。我朝小吴身后努了努嘴。二十米开外的走廊深处，就是中心财务小沈的住处。幸好按照规定，走廊灯已全部关闭。小吴看懂了我的意思，趁我转身挡住劫匪视线时，悄悄溜过去向小沈示警，并迅即返回，生怕少了人引起劫匪疑心。

劫匪抢走了我的手机、手表和钱包等物品，看看再搜不到什么值钱东西，也怕待久了生变，就把大家赶进我的卧房反锁起来，开车跑掉了。

过了一会，门卫阿迭在外面喊道："Master, I can't open the door！ The door was locked。（主人，打不开门呀！门被锁死了。）"我赶紧让他撬开门，并借来手机向我国总领事馆报告情况。凌晨两点多，王副总领事带着两名宪兵赶来查勘现场，仔细了解了事情经过，并向大家表示慰问。

事后小沈告诉我，当时他还没锁门，小吴摸进来时，他正靠在床上看 DVD。幸好提醒及时，要是他那儿被抢，我们中心损失就大了。小吴不愧是老红军的孙子，关键时刻有胆有识！

几天后，中国总领事上门慰问。我代表商务中心，在全体员工会上表扬了小吴的勇敢行为，并当场发给他 1,000 美元以资奖励。

那么，劫匪是怎样进入我们中心的呢？

原来，住在我们中心的某摩托车公司两名销售经理，晚上开了辆丰田越野车去赌场玩，回来时门卫给他们开门，跟踪而来的两名劫匪马上冲过来把门抵住，其他劫匪乘坐一辆标致轿车，紧随丰田车冲进中心大院，并迅速下车，控制住这两名销售经理和值班门卫。由于我们中心前后院中间有第二道围墙，铁门从里面插上，劫匪就用枪逼着一名销售经理，翻越围墙打开门，让他们进入居住区。

开始，劫匪见院落这么大有些害怕，悄悄地一间间挨个打劫，并把抢到的东西搬运上车。随后，逼着被劫持的住客带路去“老板”的房间，认为那里肯定钱多。眼见在“老板”房内也没捞到多少油水，再搜下去希望不大，只得一撤了之。幸亏劫匪只为求财，我们也没有反抗举动，故而避免了更大的人身伤害。最倒霉的还数中心的小吴，遭劫时他抱着心爱的手提电脑不放，硬生生挨了劫匪一枪托。

事件发生后，中使馆王大使紧急约见尼日利亚外交部官员，提出强烈抗议。没过几天，在尼日利亚总统阿巴桑乔的早餐会上，王大使通报了中国商务中心被劫事件，并向总统强调，这个事件要是处理不好，将会严重影响中尼两国的经贸关系。因为连中国政府的驻尼商务机构都被抢劫了，那其他中国商人怎么敢来尼日利亚投资和贸易呢？

阿巴桑乔总统对此极为重视。被劫后第 7 天，总统府情报局一位副局长带着几名海军军官来到我们中心，一方面代表官方对中国商务中心遭劫表示道歉；另一方面知会我们，今后尼海军情报机关将负责监控我中心的外围安全。

传说中的暴力场景或电视剧里的恐怖一幕，如今实实在在落到我们头上，逼迫我们不得不时刻绷紧头脑中的安全防范之弦。亡羊补牢，时犹未晚。我们通过特殊关系，从总统府宪兵队雇请了 4 名宪兵，在院外固定岗位执勤守卫；从当地保安公司聘请 4 名保安，担任门卫轮换值班；在前后院不同角落，安装了四台监视器，实施 24 小时不间断监控；还花了 2 万奈拉买了条德国黑背牧羊犬，取名“虎子”，负责夜间在内院巡逻；再加上时不时在院子附近转悠的尼海军便衣情报人员，如此严密的安防措施，在当时的拉各斯并不多见，以致我有时会对入住的国内客商开玩笑说：“花了大价钱，建个‘监狱’住。”

我在尼日利亚工作十年，先后参与解救了 129 名被劫持的中国公民。现在自己反被打劫，真是无颜见江东父老！为抚慰众人情绪，处理好善后事宜，我取消了原定 11 月回国的机票，放弃了福建省公开招聘省国资委副主任的面试机会。

“公务”检查

维护好一个“家”，不但要提防罪犯，还要应对权力部门各种名目的检查。对正常的检查如防火、卫生等，我们都主动配合，完事后按惯例给点“辛苦费”，大家心照不宣。但有些所谓的检查就没有名堂，在那些人眼中，我们中心不过是他们嘴边的一块肥肉。

一天，我正在办公室处理国内电子邮件，当地雇员秘书奈乌密（音译）通过内部电话告知，外面来了两位自称是秘密警察的人，估计是来要钱的。我赶快打开接待厅的监视器。不一会，看见两个便衣男子走了进来，告诉奈乌密他们要见这儿的经理。奈乌密回答：主人出去了，有什么事我可以转告；如果不方便，那就以后再来。那两人见没空子可钻，坐了会儿就离开了。

那时我们还未雇请宪兵。我随即去门房，询问值班保安是否看过那两人的证件。

保安说：看了。是秘密警察。他们说执行公务，我无法拦阻他们。

奈乌密建议说，以后有公务人员要进我们中心，应当先让他们在门外等，保安通知我，我再报告主人是否同意见。

我觉得这主意不错，告诉保安以后就这么办。有了这个规矩，日后就为我们中心、也为中国住客挡住了不少恶意敲诈的人。

2008年初，我们发现门卫F涉嫌泄露我中心所住中国公司的人员和经营等情况。我让负责管理当地雇员的小魏关注此事。通过一段时间观察，确认F经常与一些外部可疑人员秘密接触。联想到在拉各斯“龙城”，经常有可疑的中巴车停在商场大门外附近，用报纸蒙住车窗，不时招来中国公司的本地雇员上车，调查中国商户的经营情况。

现在搞到我头上来了！为保护中国商人的利益，我必须早做防范。3月4日，我让小魏以商务中心名义宣布，F保安因违反规定，多次脱岗，现予以解聘，并限令其当日离开中心。

报复来得很快。第二天中午，两名自称是移民局官员的便装男子找上门来，要求商务中心所有中国人都出来，他们要挨个查验在尼工作签证。我让奈乌蜜把中尼两国政府签订的协议拿了过来，指着贴在镜框里的协议文本告诉他们，你们想要检查我们中心，先到贵国商务部开个查验通知书，再通过外交部照会中国大使馆，而后由中国领事官员陪同前来。不按这套程序走，我们有权拒绝你们查验。

随后，我告诉我们中心雇请的宪兵头：让他们出去！没有我的允许，今后不准他们进来！

宪兵小队长冲我敬了个礼，转身同另一位武装宪兵，把那两人“请”出了门。

三、生活保障费思量

我们在尼日利亚的头几年，最伤神的莫过于基本生活保障。作为顶着国家名号的商务中心，缺吃少喝用不上水电，何以言“家”？成何体统！

水电困扰

用水是我们在尼最大的生活难题。拉各斯城区有自来水系统，但水压较低，供应不正常，大多数单位或有钱人家都自行安装抽水机抽水，我们也依例办理。

即便这样，我们日常喝到的往往是“油水”或“臭水”。由于自来水管道铺设在街道旁的排水沟下面，道路两边的住户、商家及修车店，不断将生活废水和废弃机油、柴油倒入沟中，并渗入水管破损处，所以，有时抽到的水，根本无法使用。

一天晚上，我在沉睡中被浓烈的臭气熏醒，起床循着臭味来到楼后的抽水机房。好家伙，满满一池子臭水，弄得整个院子臭气熏天。次日上午，我们雇人将蓄水池排空洗净，花高价雇车到自来水厂拉来洁净水使用。

送水工告诉我们，拉各斯普通居民一般是自备水桶，到自来水公司供应点买水。独门独户人家大多用抽水机抽水，遇上停供或水质太差时再雇车买水。而有钱人干脆不用自来水，全部雇水车拉水使用。

我们不是有钱富户，人员也较多，为节省资金，主要还是安排电工抽水。但要求时时注意水质，发现问题及时停止抽水。电工每晚抽满蓄水池才能休息，否则无法满足次日用水需求。若抽水不足，就要买高价水应急。

▲ 阿穆都·迪佳尼院落抽水机

经女佣 YOYO 介绍，我们买来英国人发明的“碳棒”过滤器用以改善水质。尽管用滤过的水煮饭仍带着点柴油味，但比原先可强多了。“碳棒”去污的能力挺强，可过滤器容量很小，女佣们准备了十几个矿泉水瓶，装滤过的水，第二天做早饭用。有一天，YOYO告诉我，早饭要推迟了，昨晚准备的过滤水，全被住客拿走了。原来，中心住宿的一个商务团队，一早出门看见厨房备餐台上有“矿泉水”，就拿去路上饮用。他们的肠胃特好，喝了这种生水，居然没一个闹肚子。但一次的“侥幸”，二次就可能成为“不幸”了。为防不测，此后我们对临时访尼团组，每天都配给瓶装纯净水；并在楼层过道安放桶装纯净水，供长期住客饮用。

直到 2002 年下半年，我们迁入伊叠久房产后，在院子里打了一口深水井，并特别安装了水过滤系统，才基本解决了用水问题。

用电也是我们的日常困扰。尼日利亚电力供应短缺，2000 年我做了粗略统计，我所住拉各斯城区每天平均供电时间不到 8 小时，所遇到过的最长连续停电时间将近三个月。中国大使馆就因过度使用，烧坏了一台劳斯莱斯发电机，不得不花高价临时租用发电机应急。

在这儿，一般人家碰上停电只能干熬。有钱人都自己购买发电机，以备不时之需。而富豪家里直接安装两台大型发电机轮换使用，并配置大容量储油柜，持续停电也不受影响。

听人说，给供电部门送钱打点打点，可以得到特别关照。我们试着送了几次，也没见到任何效果。估计人家是当作小费笑纳了。

为适应工作与生活需要，商务中心购买安装了两台柴油发电机。因为一台机子连续工作10小时左右，就必须切换到另一台，否则会因内部过热而烧毁。遇上市电停供，我们在两个时段启用自备电源。一是中午两个小时，住客用餐和午休时间；二是晚7点至次日清晨，不仅是让住户及我们自己有个较高质量的睡眠，保证第二天精力充沛投入工作，同时也为了方便大伙与国内进行公务联系。

供电不足让人头痛，而恶意破坏更是难以提防。有次商务中心连续断电半个多月，给供电局送了“辛苦费”也不见动静。中心电工小朱一天偶然去院外查看，才发现电缆接入处被很隐蔽地打入了一枚大铁钉，以致形成短路，一来电变压器就跳闸。就在我们商量该怎么办的时候，两名自称是供电局的人“恰巧”巡线路过，上门严肃地告诉我们：这是一起严重的破坏事件，必须更换整条供电缆线，且必须由供电局人员按规定组织施工。咋办呢？电老虎谁人惹得！破财消灾吧。20米长线缆，整个工程做下来，中心足足花了65万多奈拉（折合人民币约6万元），其间还陪上许多笑脸与好话，夸他们真辛苦，求他们常巡查，盼他们稳供电……

为保证水电供应，我们中心所聘历任中国电工都十分辛苦，没白天没黑夜围着发电机和抽水机转。我与其他员工也时常去顶顶岗，换下他们去休息。

主食之难

在尼日利亚生活，几乎没有“美食”一说。当地的传统食物，尤其是主食，中国人根本无法受用。

木薯，本地人的主食之一。当地产的木薯有两种：一种用于喂牲畜的叫“卡萨瓦”，淀粉含量高达75%；另一种是人吃的叫“亚麻”，含淀粉量也在35%左右。木薯不甜不苦没什么味道。当地人可以整个地煮或烤着吃，也可以打成粉蒸着吃。我们只能吃蒸的尝尝新，多吃两顿就会倒胃口。

本地有稻米，但加工工艺与我国不同。听说是将稻谷蒸到半熟再晒干脱壳，成为黄褐色的“二熟米”，吃起来总有种夹生的感觉。中国人习惯食用白米饭。有次白米断货，食堂试着用当地大米烧饭给大家吃，结果自然遭到住客们的“强烈抗议”。

当年在那儿，吃一碗方便面都是奢侈消费。某通讯公司市场经理小王，有次出去跑业务回来晚了。我告诉他午饭已经留好，要吃就用微波炉加加热。小王说不必，给他一包方便面和一点榨菜就行。我知道他刚出国过来，不了解当地实际情况，就告诉他，榨菜没有，快熟面要去找找。最后硬从我们中心一名员工那儿要来一包给了小王。这还是三个月前我从国内带来分给员工应急用的。我们把快熟面当宝贝似地藏着，一直没舍得吃。

至于当地的面粉，基本用途是做面包。我们曾试着用它蒸馒头，结果都蒸成了“死面团”。那么，如何让大家吃上国内传统的主食包子和馒头？还有一个有趣的故事。

有次我到中国大使馆向刘秘书报告工作，瞧见墙上挂个塑料袋，装有几个包子，就问她，大使馆有卖包子？

刘秘书说，他们平时在家都是做米饭。北方人偏好面食，因此使馆厨师每周给大家做一次面食。这次做了包子，也是半年来第一次，很受欢迎。但每人只能买4个。

她看出我馋了，叫我尝一个。来尼两年，还没见过包子，怎能不馋？我毫不客气，三两口结果了它。刘秘书又拿出一个包子给我，说她有两个就够了。我稍作推让便收下了，小心用纸包好，并向刘秘书表示，要带回去给大家瞧瞧，我们中心以后也要做包子，到时加倍奉还。

回到中心，我把大家召集过来，拿出那个包子问厨师小黄，我们怎么才能做出包子？小黄是河南人，精通面食做法。他说关键是面粉和酵母，当地面粉发不起来，要用国内的。

我随后拜托国内访尼团队带来了所需之物。一个月后，我与厨师小黄，抬着一大笼热腾腾的包子送到我国大使馆。

我们商务中心每天平均有几十人用膳，最多时接待过上百人。食物原材料完全依赖当地市场显然不行。我们主要是向国内采购，用集装箱海运大米、面粉和各种作料、调味品过来。当然，这一切都是收费的。我国政府对商务中心没有任何食宿补贴，成立之初就明文规定要自负盈亏。

2002 年 11 月，我们协助中国贸促会在拉各斯市 IKO 酒店举办“中国出口商品展”。那时我们商务中心刚刚搬进伊叠久新址，初步具备了接待大型团队的能力。但是中国参展人员有九十多人，加上中心住客二十几人，总计 130 人的全天膳食，我们无力全部承担，只能提供展会午餐，早晚餐由酒店方解决。

这 130 份午饭全靠当时的厨师小杨带着六名女佣烹制，做好后还要顶着 40 摄氏度高温送到展会现场。大多数参展人员吃不惯酒店的西餐菜式，而把这顿午餐当成一天的正餐，有的参展商提出要到中心用晚餐，我们只能婉言谢绝。因为，我们的厨房、厨师以及食物储备，都已到了承受力的极限。

想吃青菜

主食可以从国内订购运来，蔬菜就只能依靠本地市场了。当时蔬菜市场的情况是，数量不多，品种更少。适合中国人口味的，往往只有西红柿、包菜、大白菜等很少几种。我们的基本策略是，遇上中意的，全场扫货。这还得从一位东北住客谈起。

这位东北汉子常住我们中心后，自夸做泡菜功夫了得，并让我们去买些大白菜让他显显身手。我叫负责采购事务的小蔡去买，可他回来时只提了几公斤，还不够30多人就餐的一道副菜所用。我问小蔡怎么回事。他说都让韩国大妈抢光了。我告诉他，下次早点去，我们也抢。

转眼又是周五，买菜的日子到了。小蔡一大早就开车上路，中午时分拉回了满满两麻袋大白菜。他不无自豪地对我说：全市场的大白菜都在这！晚去的韩国人妈都向我抗议，我连菜帮子也没留给她们！

这以后，菜场扫货就成了我们的惯常做法。尤其是大白菜，不但是“进口货”，还可以加工成泡菜易于储存，市场上也最抢手。在那种环境里，我们不得不保持警惕，提防随时可能出现的菜场断供。

除了泡菜，我们自己制作的黄鱼干也很受住客欢迎。起初，我们从国内买了一批咸菜过来，作为早餐配菜；兴许是腌制时间过长，特咸，没人愿吃。食堂师傅就买来黄花鱼，刨开洗净，腌制晒干，吃时用油一炸，香酥可口。我国在当地的渔业公司也很照顾我们，每袋25公斤的黄鱼，他们只收成本价。既物美价廉，又易于保存。我们隔段时间就买几袋回来制成鱼干，当作常备应急菜品。

尼日利亚人不吃螃蟹，中国渔业公司有时一箱箱白送给我们。

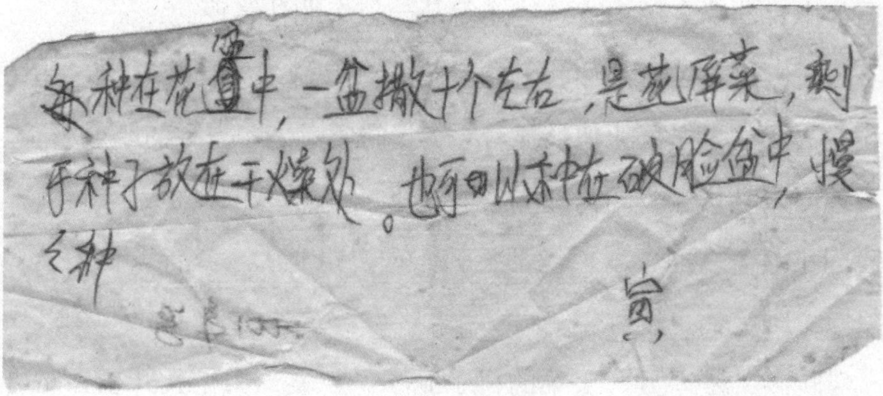

要种在花盆中，一盆撒十个左右，是菠菜，剩下种子放在干燥处。也可以种在破脸盆中，慢慢种

岗

▲ 女儿的字条

遇上捕蟹旺季，住客中晚餐都有螃蟹吃。尽管肉质鲜美，但久吃难免生厌。有人发牢骚说，再这样吃下去，恐怕以后要横着走路了。有人直接找我提意见：“岗总，我们能不能不吃大虾和螃蟹？我们想吃青菜！”

上面这张字条是2001年女儿写给我的。那时，我见中心院墙边有些空地，就整理出来，让女儿在国内寻些菜籽，由回国休假的员工带过来试种。也难为她了，还专门来信教我如何栽种。其实，我在部队就学过种菜。在院子里种点菜，并不能解决中心吃菜问题，不过聊胜于无罢了。

饮食安全

在尼日利亚生病是件危险的事，这不仅因为当地医疗条件差，特效药品少；还因为人种不同，对疾病的承受力存在差异。像我这么个体格健壮的大个子，在尼前5年中，每年患疟疾都在两次以上。有次回国做体检，B超查出我的脾脏肿大1公分，这就是疟原虫给我留下的“纪念”。

大概2000年初，我国大使馆商务处兰参赞和王秘书到外地参加一个会议。第三天上午，兰参赞给我打电话，说王秘书可能得了副霍乱，现已上了飞机返回。他叮嘱我们多派几个人，开一辆大点的车去接机。我马上带人直奔机场，并与机场联系妥当进入停机坪等候。

飞机降落停稳后，王秘书几乎是趴在舷梯扶手上往下挪。我们赶紧冲过去，搀扶他上了汽车。回到大使馆，中国土木建设总公司尼日利亚经理部的两个中国医生也已到达，即刻进行救治。王秘书痊愈后告诉我，那天他在所住酒店吃完早餐，就感觉身体不适，接着就是上吐下泻。好在年轻力壮，扛住了。

这件事给我们敲响了警钟。往后我们接待国内访尼团组，都尽量安排在商务中心用餐。行程较远必须在外吃饭的，都安排在中国人开办的餐馆，并提出严格的卫生要求。因防范得当，中心接待的访问团组，从未发生过饮食安全问题。

我听说，原来我们国家没有乙型肝炎。20世纪70年代，为支持伊拉克人民的民族解放运动，我国大量进口了伊拉克蜜枣。许多人买来后未经卫生处理就直接食用，导致病毒感染并传播，造成大面积乙肝爆发。非洲人祖祖辈辈生活在那里，体内对当地肝炎病毒有遗传抗体，他们受到感染没多大事，而我们感染了就十分危险。因此，我们外出办事时，往往自带一瓶矿泉水，喝完了就买当地一种叫“毕尔沃达”的蒸馏水饮用。实在饿了，买一点带皮的香蕉、芒果或煮熟的鸡蛋，勉强充饥。其它东西就不敢吃了。我们都不愿光顾外头的餐馆和小店。餐馆太贵且未必干净，小店极不卫生。在尼日利亚十年，我从没在路边小吃店用过餐。

四、当地雇员众生相

尼日利亚中国商务中心自当初的三居室起步，到最后撤离伊叠久房产，十年间聘用过数十位非洲裔雇员。他们中，除极个别外，大都忠诚厚道，勤奋尽责，为我们中心的正常运转做出了很大贡献，也在我心中留下了深刻记忆。

哟哟

初到拉各斯，我们既要忙工作，也要忙家务，什么买米买菜换煤气，洗衣做饭搞卫生，再加上时不时的停水停电，搞得大家疲惫不堪。为解除后顾之忧，提高工作效率，我们通过门卫介绍，雇请了一位名叫玛利亚（音译）的女佣。但她的服务十分不到位，三天打鱼两天晒网，动不动就没了人影，让我们平白添堵。不多久，玛利亚嫌工资低，把我们给“炒”了。

这时，YOYO（哟哟）现身了。那是1999年2月中国农历春节期间。这天轮到小姚在家值班。中午我们回来，见家里收拾得井井有条，虽然还是没水没电，但饭菜已做好。大家打趣小姚，说他藏了个“田螺姑娘”。小姚回答，还真是。他报告说，上午他下楼提水，回来时遇见比利时大使馆一位参赞的女佣，说她的主人要回国了，希望能到我们这儿工作。这位女士帮他整理了家务，做好饭菜，等下会过来。

饭后，YOYO 如期而至。这是个壮硕的女人，有着典型的非洲中年女性身材——前凸后翘（后有住客形容：YOYO 走路，翘臀上放一杯可乐也不会洒）。她自我介绍说：自己经过专门的管家培训，有丰富的打理家务经历；是单亲家庭，有个 3 岁大的儿子由妹妹照看，不会拖她的后腿。初次接触，我对她的直接印象是：身躯肥胖却行动敏捷，面容黝黑而仪态可亲。感觉她条件不错，能够胜任工作需要，便谈妥薪酬，雇用了她。

有了 YOYO，我们得以从日常琐事中解脱出来，生活质量明显改善，工作进度有所加快。不久，商务中心迁入阿穆都·迪佳尼院落，接待功能正式启动，所雇用的女佣也随之增加，我全都委托 YOYO 进行管理。

2001 年 5 月间，为协助筹办山东省外经贸厅在拉各斯的出口商品展销会，我连日辛苦奔波，不慎染上副霍乱，上吐下泻，瘫倒卧室。YOYO 发现后，连拉带拽把我弄下楼来，喊来司机送我进了医院，并安排女佣布里吉特（音译）在病床前悉心照料。我昏迷了一天，经过医生治疗，很快得到恢复，并出席了展销会的开幕式。虽然口里没说，但我内心深处始终认为，YOYO 对我有救命之恩。

2002 年 11 月，我们迁入伊叠久新址，接待能力进一步增强。

我们决定提拔 YOYO 担任商务中心的女管家，总管内部各项杂务。这既是对她工作能力的肯定，也是对她一贯尽忠尽责的褒奖。可谁知，YOYO 此时突然向我提出辞职。缘由是，她要正式嫁人了。

我试图挽留，劝她说："你嫁人了还可以在这工作嘛。当上女管家，工资也会大幅增加。"

YOYO 说："主人，我们尼日利亚女人结婚后就不能工作了。谢谢主人这几年对我的照顾。"

这是什么规矩？尽管舍不得，但也没办法。人家的传统习俗，外来户必须尊重。我让财务部按最高标准，给 YOYO 发放了离职金。我个人又给了她一笔钱，说是祝贺她大婚。实际上，我是想让当地雇员知道，忠诚尽责，必有好报！

送别 YOYO 时，我告诉她说，随时可以来看我们，你是商务中心欢迎的客人。可 YOYO 仅来过一次，自然受到热情接待并满载而归。

阿萨基

阿萨基是我们商务中心雇用的第一个当地司机。

他是一位有丰富驾驶经验、忠厚勤勉的中年男子。有一次，我发现阿萨基下车前，把四块车窗玻璃都落下一点，留出一道小缝，不解地问为什么这样做。他解释说，太阳太大，会把密闭车辆内的气压增大，造成车窗崩裂，并顺手指着旁边一辆奔驰车叫我们看。我凑近观察，果然那辆车前挡风玻璃上有几道裂纹。

那时我们用车都非常谨慎，外出时只让司机加满油，并不说明目的地，生怕遭遇里应外合劫车。到了地方，下车后都随手把车钥匙带走，让司机在车旁守候。这份“小人之心”，让司机平白遭罪，碰上下雨或高温都得熬着。说是小心无大过，其实未必尽然。后来发生的一件事，让我至今心怀歉疚。

1999年8月25日，我随兰参赞去阿布贾办事，因同行人多，就让阿萨基开那辆新买的面包车去机场。到达后，我习惯地拿走了车钥匙，叫司机等着。但我们是要到第二天下午才能返回，发现错误时，一行人已到了阿布贾。

阿萨基没有手机，我们只能遗憾地让他干等。

26日下午，我们飞回拉各斯。出航站楼时，只见远处小土坡上蹲着瞭望进出航班的人群里，突然跳出一人跑了过来——正是等了我们一天一夜的阿萨基。我马上向他表达歉意，并拿钱让他先去买点吃的充充饥。阿萨基告诉我：“主人，这两天我只在没有飞机降落的时候，到旁边的林子里摘些果子吃。晚上就睡在车子底下。现在，我们可以回去了。”

丹尼尔

丹尼尔是从贝宁国来尼日利亚打工的，他的祖国与我们所在的拉各斯州维多利亚区（岛）只有90多公里，地理接近，习俗相同。

有天我让小吴送一个访尼团组去机场。不一会儿，小吴进来告诉我：丹尼尔拒绝出车，说是当地的土王死了，要抓人陪葬，他不敢外出。我听后心里挺别扭的，这是个理由吗？看看所剩时间不多，我放下手头上的活，叫小吴开车，我亲自前往送行。一路无事，平安归来。事后听说，当地部族果真用了活人给土王殉葬，但是不是当街随意抓的，就不得而知了。

2002年4月，我们商务中心开始向伊叠久新址搬迁，丹尼尔驾驶的面包车是主要的运输工具。一天，丹尼尔告诉我，面包车出了故障，供不上油。我让蔡师傅检查了一下，确实如此。因大家忙着整理物品，我就让丹尼尔自己送修。不出半天，他回来说车修好了，花了7,000奈拉。我马上签字报销。

搬迁完成，我回国述职，随后跑了几个省，与有关方面商谈赴尼开展经贸活动事宜。返回后，蔡师傅拿了个塑料袋向我报告，面包车出故障，是丹尼尔动了手脚。

原来，我回国后不到两周，丹尼尔告诉临时负责的小魏，他开的车又坏了，还是“老毛病”。小魏同意他送修。蔡师傅多了个心眼，说先检查检查。老蔡检查时，丹尼尔神情紧张，这不能碰，那不让动。小魏与老蔡更加起

▲ 左起：作者、司机丹尼尔和阿萨基

了疑心，让木工老陈帮着把丹尼尔请回宿舍，他们仔细检查，最终发现了问题——油管被塞进了一个塑料袋，以致泵不出油来！

了解了事情经过，我十分恼怒，决定立即开除丹尼尔。我叫小魏按规定算清辞退金，请丹尼尔过来。他走进我的办公室，看见桌上摆着的那个塑料袋，明白了是怎么回事，随即跪下请求宽恕。我告诉他，尽管你为中心做了许多工作，但这种行为已不可原谅；让他拿了辞退金，马上离开。丹尼尔久久不愿起身，再三求我宽恕。我只好叫来保安，把他强架了出去。

怪谁呢？丹尼尔吗？他自然行为不端。但最该怪的，是贫穷！贫穷，让人性扭曲。

阿巴基

我们中心购买古巴大使馆原馆舍时，古巴大使馆有一个附加条件，就是同时接收他们的两个当地雇员，一个女性叫奈乌蜜，一位男士就是阿巴基。

阿巴基是个司机，瘦高个，脸颊上有一处明显的伤疤。

我问过古巴馆员，阿巴基脸上的伤怎么回事？馆员告诉我，一次遭遇打劫，他为了保护古巴大使安全便挺身而出，受到匪徒枪击。他是古巴大使馆的功臣。能英勇护主当然是个好人。我答应古巴馆员会善待阿巴基。

阿巴基留在我们中心工作后，自恃有功，经常不守规矩，有时甚至借故不出车，我们的员工们都不愿用他开车。有次我要外出，通知让阿巴基开车，可他过了20分钟才来见我，进办公室时还带有一身酒气。

我怒斥他喝酒误事，然后我自己开车办事去了。

回来后，奈乌蜜告诉我，阿巴基脸上的伤处化脓了，经常要用酒精擦拭消毒，并没有喝酒。

我这才知道自己错怪他了，赶快拿了些钱让奈乌蜜转交阿巴基，要他去治伤，并交待今后不再派阿巴基出车。我估计他的枪伤没有痊愈，恐怕伤到骨头里了，弄不好会出人命。

阿巴基不开车只能领基本工资，天天闲呆着也没意思，不出两个月就辞了职，说是到首都阿布贾古巴大使馆养老去了。

奈乌蜜

在洽谈购买古巴大使馆原馆舍过程中，我认识了彬彬有礼的使馆前台秘书奈乌蜜。她的接待，热情而细致，令人印象深刻。我与同事们议论她，是当地少见的知书达礼的非洲美女。后来古巴大使馆政务参赞要求我们商务中心接收雇用她时，大家一致同意，仿佛是收到一份大礼。

奈乌蜜是位矜持的女性。她就职时向我简单介绍了自己：拉各斯大学文学硕士毕业生，本地人，单身，因父母双亲及家人都在拉各斯，不愿离乡背井孤身一人去新首都阿布贾发展。再多，她不说了。唉，真是哪壶不开提哪壶。你不愿背井离乡去，我可是漂洋过海来！

奈乌蜜在我们这里的工作仍是干老本行。可以说，她既是称职的“前台经理”，也是商务中心的重要台面，展示了我们热情好客的形象。有人说她不过是做做接待，工作轻松简单，其实不然。首先，她有很强的语言及沟通能力，对不同的人用不同的语言交谈，而且只说该说的话；其次，有很强的观察和判断能力，生人抑或熟客，正经买卖人抑或心怀不轨者，一一甄别，从容应对，曾多次拦下了意图敲诈的恶意访客；最后，她还有足够的耐心及自制力，我们这么大一个接待单位，难免会遇上些素质很差或情绪失控的人，难免会听到些疯言疯语或恶言恶语，但我从没听说她和谁动过怒，较过劲。七年中，她的工作从没出现大的失误，她的服务赢得商务中心员工、住客甚至我国大使馆官员的一致称赞。

奈乌蜜受过高等教育，人也长得漂亮，有时我们协助举办展会或组织中国人大型聚会，我就安排她去做接待工作。有的中国公司老板夸她是才貌双全，有的甚至想要把她挖走，但都没得逞。

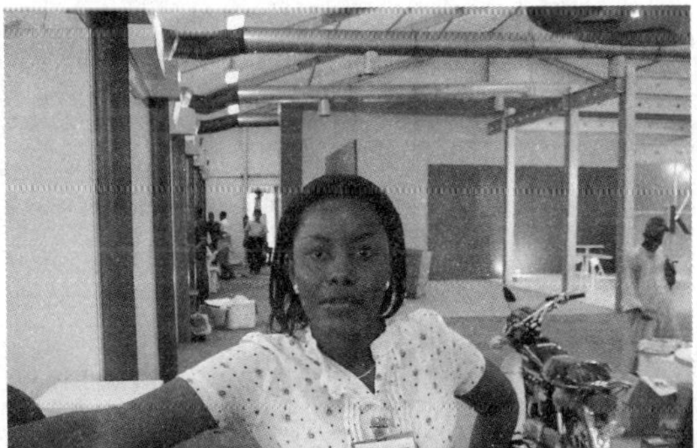

▲ 2004 年 11 月 15 日，奈乌蜜在中国出口商品展览会上

2009 年初，我完成使命要回国了，商务中心其他人员也要另迁

新址办公。此时，有位我熟悉的中国老板让我问问奈乌蜜，是否愿到她的中国公司从事秘书工作，提出的条件也十分诱人：每月1,000美元工资，住一间单人公寓，有一辆轿车，每两年可回尼日利亚探亲1个月。

我遵嘱问了奈乌蜜。她很认真地告诉我，不愿去。她说："主人，我也要结婚了。婚后就不工作了。"

我回国那一天，给了奈乌蜜一笔结婚礼金，感谢她7年来忠心耿耿为我们工作。当我想同奈乌蜜握手告别时，她热情地拥抱了我，流着泪说："主人，你是好人，上帝会保佑你的！"

第三章 服务经贸交往

尼日利亚中国商务中心的主要功能之一是商务服务。通过卓有成效的服务，促进中尼两国增强商贸互信，扩大经贸往来，提高发展质量。服务的内容既包括接待中国团组来尼商务考察、举办展览和召开国际会议，也包括协助尼日利亚团队前往中国出席会议，走访企业，招商引资。服务的对象既包括政府大型团队，也有企业和个体商户。我们总的服务原则是：热情，周密，重安全，讲成效。

一、接待商务考察

随着中尼两国经贸合作加强，中国赴尼考察人员日渐增多，成为我们中心最繁重的一项接待任务。其中，有的考察团成效显著，为日后的投资或贸易确定了目标与方向；有的考察团一去无音信，兴许是这里商机不大，抑或知难而退；还有的所谓考察团漫无目的，纯粹是乱闯。十年间，我们商务中心协助中国驻尼大使馆，接待省部级以上高访团 7 个，各类商贸代表团 1,083 个，服务入住人员超过4万人次。

最难堪的接待

1999年中国贸易促进会赴尼商务考察团是在我们没有充分准备的情况下，突然到来的。糟糕的服务，让我至今心怀愧疚。

前文提到，我们中心接待的第一个访尼团组，是杭州卷烟厂7人考察团，被安排住在条件相对较好的三居室住宅。我们仓促搬进阿穆都·迪佳尼居所后，加快施工进度，在1999年4月10日初步结束了小招待所装修工作。这天下午，我国大使馆经商处兰参赞带了几个人过来检查验收，提出了一些改进意见。接着，他告诉我们，中国贸促会一位副会长带着几个国内大公司的总经理，明晚入住商务中心，你们抓紧时间准备一下。

我急忙表示，招待所刚完成装修，许多地方不尽完善，让如此高级别的团组住进来似乎不妥，能不能考虑安排在外头的高档宾馆。

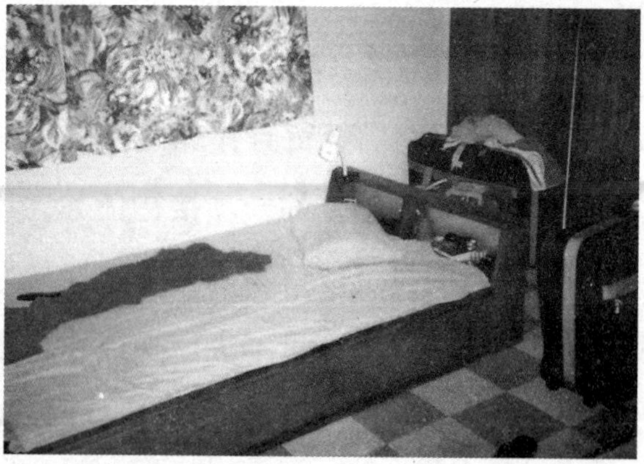

▲ 阿穆都·迪佳尼居所客房睡床

兰参赞说，这是一次国家间的商务活动。他们提出要住在中国人自己的宾馆里：一则感觉更安全温馨；二来也可以接触接触当地的中国企

▲ 客厅一角

业，增加一些两国经贸交往的感性认识。食宿条件他们不会计较。兰参赞还特别指出，贸促会领导住在这儿，是对你们工作的鼓励和鞭策，日后回国还会向外经贸部通报情况。没什么妥不妥，抓紧准备吧。

话说到这个份上，再提什么也是多余。床铺来不及购置，就把我们自己平常睡的搬来充数；安排客人住单间，我们几个就挤在一处睡地上。最糟糕的是水压不够，淋浴花洒出水，又细又缓！怎么办？——没办法！

第二天晚上，从前往机场接机，到最后入住，我向客人做了许多解释，说了许多抱歉。可人家毫不在意，说是比战争年代强多了，说是要图舒服，你们也不会常驻非洲。两天三晚下来，他们没吃好住好，分别时仍笑呵呵地与我们合影留念，羞得我怎样都抬不起头来……

最荒唐的考察

1999 年 10 月 8 日中午，门卫向我报告，外面有两位中国人要求住宿。我过去，见到两位中年男子，他们自称是 H 省“世界经济战略研究会”的，前来尼日利亚进行商务考察。其中一位是研究会秘书长，另一位是法律顾问。我赶紧把他们请进屋内，并按他们的要求安排厨房做饭。

这时兰参赞来电话，叫我派车去商务处接人入住。我们商务中心的司机都已外出，我就自己开一辆备用车过去。到了门口，兰参赞正与三个人聊着什么，见我来了，随即介绍说，这是尼日利亚中国商务中心的岗总，你们就住他那里。同时指着身旁一人向我介绍，这位是H省“世界经济战略研究会”×××副会长。他们来尼考察，请你们中心好好接待，安排好他们的考察行程。

我看兰参赞这么客气，心想这些人来头不小。但同一个研究会的考察团，怎么会分两批入尼？我不免心感疑惑。

路上，副会长问我能否安排他们会见尼日利亚总统或者总理，他们要谈投资尼日利亚的事，什么项目都可以谈。我告诉他，尼日利亚首都已迁入阿布贾，想见总统不那么容易，要通过中国大使馆安排。我随口又说，我那里刚刚接待了两位“世界经济战略研究会”的人，其中一位是秘书长。他们一听，都不再说话了。

到了商务中心，那位副会长进门迎头遇见了秘书长，两人怒目相对。秘书长冷冷甩过一句，你们怎么来了？扭头便回房间了。

我赶快安排客人用餐。饭后，副会长上楼进了秘书长房间，交谈了好一阵子后，两人同来找我，态度坚决地要求我联系安排他们见尼日利亚总统：“我们受H省政府委托来尼考察。你们是国家外经贸部在尼设立的机构，有责任有义务满足我们的需求，促成商贸洽谈。”

来的都是爷。我再次告诉他们，见总统要由中国大使馆安排，我们没这个权力，但我可以报告商务处处理。说着，我立马拨通了兰参赞的电话，汇报了此事。兰参赞答复，见总统哪能这么随意？让他们先书面列出要与总统面谈的内容，我看后再考虑是否向大使报告。

当晚7点多钟，兰参赞打来电话，没好气地说：“又是H省‘世界经济战略研究会’的人。刚才拉各斯机场移民局打电话通报，有6名这个会的中国人滞留机场，让我们去领。你赶快派人去接，注意带上钱。你再问问他们怎么回事。”

安排两名员工带一辆面包车赶赴机场后，我请来那位副会长和秘书长了解情况，询问他们一行来拉各斯究竟有多少人？为什么要分批入境？两位研究会领导一会儿讲有10人，一会儿又讲有14个人；大家同乘一架班机抵达，过机场海关时有的走散了，有的说另有安排自行离去。听得我是一头雾水。

晚上10点半左右，滞留机场的6人被接来商务中心，进门看见副会长和秘书长，大骂他们是骗子！两位赶紧拉他们上楼解释。

接人的员工告诉我，这些人是H省的企业家，是被忽悠到尼日利亚来进行所谓考察的。什么都没有安排，就讲可以见总统，有很多工程项目和贸易机会等。

过了个把小时，刚到的那几人气呼呼下楼来，向我讲了被忽悠的经过。原来他们在H省时，经人介绍参加了“世界经济战略研究会”召开的非洲投资贸易推介会。会议组织者声称，在非洲见个国家总统或总理，比我们在中国见县长都容易。那里有大量投资和贸易机会，挣钱非常容易。5分钱人民币就可以买一大筐香蕉，菠萝烂在地里都没人吃，等等。他们轻信了，出钱前来考察市场，没料到是这种情况。

我让他们赶紧去吃饭休息，问题明天会解决。同时交代中心值班人员，晚上机灵点，防止他们之间发生肢体冲突。

第二天，我叫员工们都别外出，稳住这批住客，不能让他们出去乱跑。我自己开车去商务处报告情况，商量解决办法。

兰参赞听完汇报，让我电话通知那位副会长过来谈谈。很快，副会长在我们中心员工的陪同下来了。兰参赞客气地问：“你们来非洲想见哪些国家的领导人，有没有事先安排？另外，有没有具体的投资或贸易计划？”

副会长回答：“事先没有安排。这不来请你们安排嘛。投资和贸易的事也没有计划，有什么做什么。”

我插嘴道：“这怎么能行！周总理讲了，外事无小事。见非洲国家领导人，怎么也得事先通过外交部周密安排。”

副会长近乎哀求地说：“请你们务必尽快安排。否则，随我来的人会闹事的！”

兰参赞这下火了，不客气地告诉他：“这是胡闹！你们这么干，会影响我国政府与非洲国家政府的正常关系！”参赞说着拿起电话，向梁大使简要报告了情况，随后让我带这位副会长回去，叫考察团一行每人写份情况说明交上来。

午饭后，我收齐情况说明报告送到商务处。兰参赞和大使馆负责礼宾工作的马秘书看了材料，肯定地说，这就是乱闯！

马秘书向我介绍，我国外交部最近通报了几起中国商人乱闯非洲国家的事件。这些非洲国家的领导人出于对中国的友好，热情接待了来自中国的商务考察团，有的还签了经贸协议。但有些考察团回国后拒不兑现承诺，造成很坏的国际影响。

下午，兰参赞和马秘书到商务中心召开会议，企业家团员痛批了该“研究会”的欺诈行径。荒唐的考察闹剧就此草草收场。

在安排返程机票时，副会长和秘书长二人说怕遭到责骂，坚持要求不与其他团员同机回国。

最惊心的送行

2000 年 10 月 22 日，入住商务中心的一个考察团提出，要前往机场搭乘下午 4 点飞往欧洲的航班。这给我们出了一个很大的难题。因为从九月份北部卡诺州开始的两大部族冲突，已经蔓延到西部拉各斯州，现在市区内外局势十分紧张。

据说，冲突缘于一件小事。一位在卡诺州做生意的约鲁巴商人，要使用由当地豪萨人管理的公共厕所遭到拒绝。憋了一肚子气的商人回到停车场，看到几个豪萨族小孩用石头划他的汽车，气急之下动手教训了孩子。兴许是出手过重，早有积怨的豪萨族人情绪爆发，大规模驱逐、殴打在卡诺州经商和定居的约鲁巴人。

仇恨的传播猛于洪水。约鲁巴族人也展开报复，在西部主要聚集区包括拉各斯州大肆驱逐豪萨人。一时间械斗不断，人人自危。近日，尼日利亚政府出面，对两大部族长老做了大量的调解工作，但事件仍未见平息。

部族冲突扩大后，中国驻尼大使馆发出紧急通知，要求所有在尼中国机构和单位保持高度警戒，所有在尼中国人非必要不得外出。为安全起见，我们数番与航空公司联系，请求对这个团组的8张机票进行改期。但机场方面答复，这些机票是在中国国内预订的，无法更改，旅客必须按时登机。

只能冒险出行了。由于连日冲突和宵禁，各加油站早就无油可加。我让司机阿萨基赶紧检查车辆，加满备用汽油，准备出车。可这位有丰富经验的当地人，做别的可以，提起外出就一口拒绝，说是会有生命危险，不能再拖延了。我们早早吃完午餐，能说一口流利英语的小姚担任司机，我坐上副驾驶座，护送住客上路。

车子开出住地，原先熙熙攘攘的街道一片死寂。车厢里的乘客大气不出，有的甚至紧张到俯下身子趴在座位上。开到接近机场的一座立交桥时，大量汽车堵在路上，不时有车辆调头逆行驶离。虽知大事不妙，但已进退不得。过了不久，前方警笛大作，枪声阵阵！我判断，这是警方为打通前往拉各斯机场的通道，实行了武力驱散。过桥时，果然看见路边躺着几具还在流血的尸体。桥下一大群拿着砍刀、棍棒的当地人，不时在火堆旁扔着石块，与桥上荷枪实弹的防暴警察对峙。

小姚驾车绕过几辆燃着的汽车及轮胎堆，快速离开。又经过几道警察封锁线，我们到达机场停车场。我马上下车，护送8位同胞安全进入候机厅。

返程路上，立交桥附近的暴行仍在继续。去往机场的汽车不时被拦下，一伙年轻人，持械逐车搜查。不远处一个公共汽车站，几个男人被砍杀倒地。十几名暴徒持刀试图冲向在站台墙后躲避的人，但被十几位妇女手拉着手拦住……

所幸出机场的道路未见拦截，我们加大油门，快速逃离。

最幸运的陪访

2005年8月，我国某公司两名业务经理，受尼日利亚商业部邀请前来考察木薯市场。5日下午住进我们商务中心。当晚，为这项考察而专程回国的尼政府驻上海商务代表处首席代表阿比克易（音译）也来到中心，与我们一起商谈考察的行程安排，并邀我陪伴同行。我即时向我国大使馆汇报并获得批准。

6日早上，我们到拉各斯市喜来登酒店与尼商业部长瓦兹利（音译）汇合，一行乘车赴奥贡州首府阿贝奥库塔。行驶不到20分钟，我们所乘的政府面包车发生水箱故障，修理半个小时也不能动弹，只得换乘车辆，安全抵达。

奥贡州州长官邸设在一个可俯瞰全城的高地上，装潢考究。欢迎会上，年轻的州长讲了话，他介绍了当地木薯产业的发展情况，表达了实现木薯出口的强烈意愿。这期间，尼总统出口特别顾问沙松瑞（音译）女士也赶到现场。

中午时分，我们一行去到该州农业研究所，在一间破旧的授课室内，受到百余名农民代表的热情欢迎。会上，农业专家首先讲解了木薯的加工和食用方法，并播放相关录像片。当他想中途结束放映举行会议时，遭到与会农民代表一致抗议。

会议开始后，研究所所长致欢迎词。他提到，奥贡州上一年度出产木薯160万吨，有充足的货源供应中国。瓦兹利部长之后的讲话最具鼓动性。他一上场就振臂高呼："没有农民！"会场四处高声回应："没有食品！"三呼三应，气氛热烈。他强调，总统要求我们出口木薯，还请来中国商人实地考察，这是为大家谋福利的大好事。希望广大农民多种木薯，种好木薯，加快出口，增加收入，支持国家经济建设。中方的业务经理也应邀即席发言，他表示，看到这样的场面非常高兴，对完成此行使命也更加充满信心。最后，自称是"木薯人"的三位农民代表发言，

▲ 全体与会人员合影

要求政府给予木薯种植业更大支持，希望中国商人提供技术和资金帮助。

离开研究所，我们一行在州政府官员陪同下，前往一个木薯加工厂参观。在厂房前的路口，有一群女工正洗削着木薯；进入占地 200 平方米的车间，见七八个工人在设备前忙碌。据介绍，这家工厂的产品是木薯粉，工艺简单，分为木薯切片、粉碎和烘干三道工序。我观察发现，说是新厂，可全部设备都很粗糙，机器是翻新过的，只在外头涂了一层新漆。参观了十多分钟，切片和粉碎两组机器就因原料用尽而停工。

下午 3 点半，我们一行二十多人乘车去阿巴桑乔总统农场场部，那是一个小镇里的五层楼房。在这里，我们受到农场总经理阿塔受（音译）的热情迎接。他领我们来到三楼会议室，介绍了

▲ 参观总统农场的木薯地

农场的情况。随后，一行继续乘车十来分钟到达农场。大门前戒备森严，瓦兹利部长先期入内向总统报告。

没等太久，部长出来接我们，经简单检查放行进入。车辆行驶中，我观察了一下，道路左侧是养鸡场和粮食加工厂，右侧是农田，前方有一座新建厂房。以前我曾听说，总统的养鸡场在我国支持下发展得很好，至今仍有中国人受聘担任技术指导。过厂房左转，不远处绿树簇拥着的一栋两层楼，就是阿巴桑乔总统的别墅。周末，总统经常会离开首都阿布贾回这里休息和接见访客。

进楼前，保安人员暂时保管了一行人的相机，并要求全体关闭手机，之后领我们进入二楼大会客厅。厅正中是一张红色三人皮沙发，两旁摆着十余张白色单人沙发，中间有四个玻璃茶几。大厅内部装修较一般，三个门都是用粗糙的木头钉成的，同普通尼日利亚人家使用的一模一样，与奥贡州州长官邸的富丽堂皇形成很大反差。

也就等候了五分钟左右，阿巴桑乔总统来到会客厅，我们全体起身迎接。瓦兹利部长首先向总统介绍我们三个中国来客。当介绍到我时，总统高兴地说，很早就听说中国商务中心了，你们对尼中两国经贸往来做了很多工作。介绍结束后，阿比克易首席代表说明了我们此行的目的。阿巴桑乔总统高兴地说："欢迎你们来尼日利亚。尼中两国是好朋友。我们有大量的木薯可以出口中国，今后还可以出口到世界各国。尼日利亚人口是中国的十分之一，有很多方面要向中国学习，特别是中国人守纪律，值得尼日利亚人学习。”正说着，他发现有两个记者在拍照录像，马上示意保安把他们请了出去。总统接着说：“现在尼日利亚到处是中国商品，而尼日利亚出口到中国的东西很少。向中国出口木薯是件好事情，应该鼓励支持。我就是农民，我的农场有养鸡场和养鱼场，也种了木薯。”说到这里，总统叫人带我们去参观农场种植的木薯，并让人通知给我们一行准备晚餐。

参观完农场种植的木薯已是暮色深沉。我们回到总统别墅二楼大会客厅不久，厨房送来了晚餐，是典型的尼日利亚家常便饭。一大盆咖喱牛肉块和一大盆米饭，简单实惠。尼方官员热情地请中方客人先盛饭菜，我们说女士优先，女士们反说客人优先。大家都没吃中午饭，推来让去只会耽搁时间。想到这里，我们三人不再客气，先盛上饭菜吃开了。由于吃不惯，我草草扒拉了几口就放下了盘子。其后阿巴桑乔总统来到会客厅，见我已结束用餐，走过来热情询问：“还要再添些吗？”我赶紧向总统表示感谢，表白自己已经饱了。

饭后，与总统又谈了会木薯的事，我们就告辞了。他很有风度地把我们送到会客厅门口，一一握手道别。

二、协办商品展会

在尼日利亚举办中国商品展览，是增进两国经贸交往的重要一环。这不仅能让当地民众和商家就近接触中国商品，进行比较与选择，从而打响知名度，为日后成规模进入做好铺垫；同时，也是对我国改革开放成就的宣扬，对经济建设成果的展示。十年间，我们商务中心积极搭桥牵线，先后协助相关省、部在尼举办了9次较大规模的中国出口商品展览会，为赢得市场先机做了贡献。

举办最早的展会

1999年9月13日在拉各斯举行的“中国天津出口商品展览会”，是中国人第一次在尼举办的大规模商品展览，由我们商务中心配合天津市政府商务局完成。为期五天的展览取得很大成功，中国驻尼大使和拉各斯州副州长出席开幕式并致辞。由于是中国商品首次在尼集中亮相，在当地引起较大轰动，参观者络绎不绝。

为办好这个“第一次”，我们中心全体5名员工做了大量前期准备工作。从展馆选择租用到展厅设计布置，从展品报关入港到商品进场布展，大家先后忙碌了两个多月。

这次展览的费用，全部由天津市政府和参展厂商承担。我们商务中心得到了一笔代办费830美元。有员工提出，协办这个展会，我们的付出与所得不成比例，是“得不偿失”，不划算。他说的自然有道理。商务中心是个自负盈亏的单位，国家不给补贴，没有一定收入就无法维持正常运转。可想是这么想，话不能这么说。我告诉大家，我们是国家委派的驻外服务性机构，不能只拨拉自己的小算盘，要算大账。只要中国商品行销尼日利亚，国家赚取了外汇收入，这就是我们的最大回报。

有了第一次，其它的活动也随之而来。1999年9月18日，福建省对外经济贸易委员会阎副主任率领省内企业家代表团，先后在拉各斯和首都阿布贾举办了“中国福建出口商品洽谈会”，收到了显著效果，为后来福建商品在尼畅销、福建企业扎根落户奠定了基础。

2000年11月4日至14日，中国贸促会机械行业分会参加“拉各斯博览会”。我们商务中心协助进行了中国馆的筹展，并为全体参展人员提供了食、宿、行服务。“拉各斯博览会”是西部非洲最有影响力的经贸盛会。中国人此番首次组团参展，标志着中国生产的机电商品开始大规模进入非洲。

此外，我们还有一次为台湾商品展销会帮忙的经历。2002年中国商务中心搬入伊叠久房舍后，我发现新址与当时的台湾驻尼

▲ 与拉各斯博览会中国馆参展团队合影

商务代表处都在一个街区，相距不到两百米。有次台湾商务代表处在拉各斯一家酒店举办台湾商品展销会。我得到消息后报告了我国大使馆。使馆同意我们去看看，如果对方有需要，可以帮忙；要是现场有破坏国家统一的标识和悬挂物应出面阻止。

我们进入展会现场，没有发现什么异常。我就向参展台商询问展品的情况，顺便介绍当地的市场与本地人的喜好。有位台商发牢骚，抱怨展览组织得太乱，连饮用水都没有准备。我马上叫司机开车去买来几箱矿泉水，分送到各个展位

在尼日利亚定居的台湾人不多，主要是20世纪70年代台湾援非“农耕队”的遗留人员及其后裔。但后来许多台商也发现了这儿的商机。有些前来经商做买卖的台湾人，询问是否可以入住我们商务中心，我都明确答复，只要承认自己是中国人，我们一视同仁，热情接待。因此我们中心也常有台湾商人入住。

规格最高的展会

2001年5月16日，山东省外经贸厅在拉各斯举办了为期三天的“中国山东出口商品展览会”。时任中共中央政治局委员、山东省委书记吴官正出席开幕式剪彩，并于次日飞赴阿布贾会晤尼日利亚总统阿巴桑乔。此事，登上了当地各大报刊头条新闻。

2001年春节后的一个星期天，我接到中国大使馆通知前往参加紧急会议。会议由梁大使主持。他透露，今年五月，中央政治局委员、山东省委书记吴官正将访问尼日利亚。为配合此次出访，

山东省要在拉各斯举办一个展览。大使要求各方全力支持展会，并做了明确分工：大使馆负责邀请尼日利亚客商参加；商务中心负责各项筹备和办展人员的吃、住、行安排；山东省在尼企业负责展品的清关工作。

展会的开幕日期临近，各项准备工作按部就班顺利进行，我正在暗自庆幸时，麻烦来了。5月10日早上，我起床后喝了一碗稀饭，不一会就感觉肚子不舒服，随后发生剧烈呕吐，回到寝室仍然呕吐不止，造成身体严重脱水，瘫倒在地。幸亏女佣YOYO发现及时，尽力把我拖下楼，并叫来小黄和另两名雇员，把我送进马瑞纳岛上一家俄罗斯人开的医院。医生检查后，确诊我得了霍乱。

第二天，我苏醒时看见女佣布里吉特坐在病床边守护。她告诉我，在我昏迷打点滴期间，她一直在旁护理，其他中国同事则轮流前来照看。下午六点多钟，大家来医院看我。我感觉恢复得差不多了，就让小黄去办出院手续。他们都叫我多住两天，好好休息一下。我说，现在这么忙，我回去躺在客厅里看家就行，有事也可以帮大家参谋参谋。当晚，我离开了医院。

5月15日是开展前一天。上午9时许，我陪同我国大使馆主要官员、山东省外经贸厅厅长去展览会检查布展情况。到了展馆前大家看到，有一个集装箱里的货物，硬是卸不下来，参展厂商在一旁急得团团转。当地装卸工声称，货柜里的机械设备太过沉重，仅靠人力无法搬卸。商务处孟参赞看见我来了，仿佛见到了救星，急忙要我想办法解决。大家也用期待的眼神望着我。

我们在尼的华旭公司，具有足够的装卸重物的实践经验。我当即叫来在一旁看热闹的司机阿萨基，告诉他马上开面包车回去，接我们常用的那个装卸队伍过来。这辆车装不下，就坐出租车。随后我打电话通知在家值班的小黄，准备好一应装卸工具，一起来现场指导卸货。我特别让他告诉工头，卸完这两个货柜有奖金，卸不下来，以后也别再给我们干活了！

不到半个小时，小黄领着人到了。我请那位山东公司负责人立即辞退先前那批工人，让我们的队伍进场操作。在小黄指导下，装卸工们手抬肩扛很快把堵在最外面的几个大件重物卸了出来。

此时已接近 11 点了。我们一行立刻驱车去机场，迎接正午时分飞抵拉各斯的吴官正书记。

在大家的共同努力下，“中国山东出口商品展览会”如期举行，并取得很大的成功。

规模最大的展会

2004 年 11 月 15 日，我们商务中心配合中国贸促会在拉各斯举办的“中国出口商品展览会”，是当时规模最大、来客最多、展品最新的中国商展。

为扩大这次展会的影响，贸促会邀请中央电视台经济频道（CCTV-2）记者任速雁和主播计渝进行了现场采访，并在 12 月 23 日的节目中，播出了介绍展会盛况和中尼两国经贸交往的报道

▲ “中国出口商品展览会”开幕剪彩仪式

（文字材料见附件2）。其中有关我们商务中心的内容如下：

岗永斌是尼日利亚中国投资开发贸易促进中心总经理，他是商务部派来的工作人员，主要帮助中国一些部门在尼办展览会。

“我们已经办了八次展览，一共有一千多家中国的企业到了这边来，有将近四千人次到了尼日利亚来，现在这里大概有我们介绍过来的近百家公司，通过办展览在这里落户。”

目前在尼日利亚的中国企业超过了两百家，中资公司有五十多家。随着尼日利亚对外开放步伐的加快，石油、通讯等行业开始迅速发展起来。

影响最大的会议

中国商务中心在尼接待的纯会议不多，大多数会议都与展览合而为一，以商品展览为平台开展经贸洽谈，推进合作。在为数不多的会议服务中，最重要的当属“中非石油工作会议”。

2004年5月初的一天，大使馆和商务参赞处分别派员来检查我们中心的住宿和安全情况，告诉我们要在这儿召开一个石油方面的重要会议。由于参会人员较多，保密要求高，届时要让现有住客回避一下。我一听，心里有些发怵。尽管迁入伊叠久房舍一年多来，中心各方面条件都有所改善，但全面清场接待高规格会议还没遇上过。我用商量的口吻试着问，不能放在外头大宾馆开吗？得到的答复自然是否定的。

第二天，我国商务部西亚非洲司负责官员也打来电话，要求我们尽全力服务好这个重要会议。

究竟是什么会议如此重要？我们试图通过互联网寻找答案。只有CNN新闻中有一则简短报道透露：中国商务部一位副部长，近期要在非洲召开一系列石油工作会议，其目的是推进中国与非洲各国的石油贸易。

老东家要在这儿开会！我立刻紧张起来。经过全面思考后，我召集全体员工开会，宣布商务中心进入“紧急临战状态”，并提出六项具体要求：一是任何人不得打听会议情况，做到守口如瓶，业务员外出办事要留心市井传

▲ 作者向尼日利亚总商会会长介绍中国产品情况

▲ 展厅一角

言，及时汇报；二是后勤部门尽快备足可供30人食用一周的粮菜，并确保饮食安全；三是立即组织女佣全面清扫客房，保证卫生整洁；四是要求电工配合大使馆人员布设安防设施，确保水电安全使用；五是请现有住客到友人处暂住，所有费用由商务中心承担，找不到住处的由我们负责安排；六是会议期间谢绝尼日利亚客户进入我们中心。同时，公布了会议期间24小时员工值班表，责任落实到人。

为保证安全，中国驻尼大使馆请来当地警员，配备警犬，负责会议的安保工作。

5月18日，魏副部长等与会人员陆续住进我们中心，其中包括九个驻非洲国家大使馆的商务参赞、国内各大石油公司总经理、我国在非洲的石油公司代表等三十多人。由于条件有限，除魏副部长住套间外，其余人员都住标间。

魏副部长在检查会场时问我，这儿有没有布设防窃听装置。我回答“没有”。他想了想，对身边随员说，为保密起见，会议还是在中国大使馆开。

第一天开完会已是深夜，可魏副部长直到凌晨 2 点才回到我们中心。他吃了点宵夜面食，临上楼前再次叮嘱我，要注意安全，加强巡逻。我请首长放心，说“已有周密安排”。

会议开始后，我就搬到一楼的总机房值班，以随时应付各种情况。这晚合衣而卧，大约睡到清晨 5 点半左右，我被一阵警犬叫声惊醒，顺手操起放在床边的铁棍就冲了出去。到外面一看，原来是魏副部长正在跑步。我赶紧把铁棍交给值守后院的小黄，陪魏副部长跑了起来。

中非石油工作会议开了两天，达到了积极开拓和扩大中非石油贸易的预期效果，会议圆满结束。

三、国内推介招商

我们商务中心的主要职责是促进中尼两国经贸交往。因此，在以主要精力服务好中国企业及商品“走出去”的同时，我们也积极参与“请进来”的工作，协助尼日利亚政府在中国国内开展经济贸易活动。其中主要有：2001 年 9 月在厦门市，2002 年 9 月在上海市，2003 年 10 月在福建省福州、宁德和泉州市，协助尼政府及其驻上海商务代表处，举办“尼日利亚投资贸易推介会”。通过“请进来”，帮助国内企业了解尼日利亚国情和投资环境，选择项目，捕捉商机。

1999 年 7 月下旬，我赴尼后第一次回国，目的是参加中国厦门投资洽谈会的会中会——尼日利亚投资推介会。由于我们商务

▲ 作者在厦门尼日利亚投资推介会上发言

中心在尼刚刚立足，对该国的商情了解不深，商界接触不广，更主要的是尼方准备不足，拿不出有吸引力的招商政策和投资项目。因此，拟议中的推介会没有排上日程。我不愿白跑一趟，抓紧时间到福建省内跑了一大圈，走访熟悉的企业老板，商谈如何开拓国际市场。大家都希望为自己的产品打通出口途径，因此对我十分支持。以致我返尼时，带回了一大批各式商品的样品。

又经过两年多的准备，2001 年 9 月 8 日，尼日利亚政府第一次在中国国内举行的高规格经贸会议——“尼日利亚投资推介会”，在中国厦门投资洽谈会期间召开。两国政府对开好这个会都十分重视。我作为会议的中方主发言人之一，会前依据在尼近三年的亲身感受和商务实践，做了充分的文字准备工作。

9 月 8 日上午会议开始后，尼日利亚商务部官员和驻华使馆商务参赞首先向与会者分别介绍了尼日利亚的鼓励投资政策、投资环境和资源优势，重点推介了一批招商项目。他希望中国政府和企业扩大投资，共谋发展。

我在会上的发言，高度评价了尼日利亚政府的鼓励投资优惠政策，具体分析了中国企业赴尼投资的有利条件及发展前景，也明确提示中国公司，在对尼日利亚投资和贸易时应注意的种种问题。

我的“投资和贸易时应注意的种种问题”这部分言论引起了尼日利亚代表团的不满，其驻华大使批评道，中国投资开发贸易促进中心的发言，没有起到推进中国投资的作用。但我国商务部官员却对我的发言，表示了肯定和支持。西亚非洲司的领导会后对我说，如果害怕影响自己今后在尼的工作，就不实事求是，专捡好话说，那中国的投资难免会遭受损失，投资商会吃大亏。

经过多次交往，我同尼政府驻上海商务代表处首席代表阿比克伊先生，建立了良好的工作关系和深厚的私人感情。为帮助尼日利亚在华商务工作人员更具体地了解中国企业的情况，也为了帮助中国企业迈开“走出去”的步伐，我在 2002 年 3 月和 2003 年 10 月，两次专门安排阿比克

▲ 2002 年 3 月，作者陪同阿比克伊先生考察福州佳新发电机公司

▲ 2003年10月，在福州召开尼日利亚投资贸易推介会

伊首席代表及其他商界人士，到福建省考察各类企业生产情况，举行招商推介会，为日后福建生产的商品进军尼日利亚，尤其是占据发电机市场主导地位，奠定了坚实的基础。此后有5家福建企业先后成功在尼登陆。

四、来尼华商素描

我们商务中心在尼十年，累计接待中国住客4万多人次，其中除少数政府官员外，绝大多数是企业所派业务人员和个体商户。在许多人眼中，中国商务中心既是“培训班”，也是“中转站”。他们初到尼日利亚，人生地不熟，入住商务中心多则一年半载，少的三两个月，熟悉情况，了解市场，寻觅商机，同时找寻合适的住所，准备充分即行搬离。异国行商，自然更要精打细算，降低成本。当然，也有的公司驻尼人员长期驻扎商务中心，把我们这里当成他们“遮风避雨”的家。

十年里，我所接触过的来尼中国商客，形形色色；他们的境况遭遇，各不相同。现举几桩人与事，分享于下。或隐其姓名，当请谅解。

▲ 2003年10月，作者陪同阿比克伊先生考察泉州企业

惊弓之鸟

1999年1月18日，我接到通知去了中国大使馆商务处，王秘书要我次日下午去机场接一位国内客户入住商务中心，说着把客户单位发给大使馆的传真和接机便条交给了我。同时嘱咐我当心拦路抢劫，注意安全。

我看了看传真内容，大致是：×× 省 ×× 市 ×× 发电机公司派 ××× 同志（男）到尼日利亚考察发电机市场，请予接机并在考察中给予必要帮助。再就是航班号和落地时间等。

当时，我入尼也才半个多月，4名员工挤在租住的三室一厅单元房里。他，就要成为我们中心接待的第一位客户了。回去后，我把自己住的房间腾出来，搬进客厅睡沙发，并安排了第二天的饭菜。

这也是我们第一次到机场接客户。为防备意外，我叫上陈副总经理和小姚，亲自开车去机场，并在下午三点顺利到达。小姚建议，还是花点钱买通保安，进航站楼接人比较保险。我同意了。让他带上那份传真和王秘书的接机条进去，我和陈副总紧盯住大门口。当年，尼日利亚只有十多家中国公司，大多数是工程公司，几家贸易公司没有一家做发电机生意；而尼日利亚严重缺电，发电机市场前景广阔。因此，大使馆和我们商务中心都对国内发电机厂商的到来寄予厚望。

过了一会儿，小姚带着一位二十多岁的中国男子走了出来。我迎上前去，要与他握手表示欢迎。但他一把甩开我的手，窜到路边高喊："Taxi！ Taxi！"（出租车）

小姚说："他不让接机！"我问："没给他看传真和王秘书的字条？""看了。他说是假的！"

说话间，那位年轻人已拦下一辆没有的士标识的旧雪铁龙车，提着行李钻进后排座位，拍着司机肩膀用中文喊道："去中国大使馆！去中国大使馆！"司机听不懂他说什么，一脸迷惑地看着我们。周围一些当地人不知发生了什么，好奇地围了过来。

他不会英语！小姚灵机一动，用英语告诉司机，对不起，请稍等。扭身坐进后排，隔着车窗对我说："岗总，我让车开慢点。你开车跟上我们。"

陈副总说："他别上了黑车！连命都保不了。我也上去，以防万一。"说着，要坐进副驾驶座。那年轻人高声喊："这是我的车，你们出去！出去！"陈副总只得退出来。

我们二人转身奔向700米开外的停车场，开车追了两公里多，跟上了那辆车。又开了几公里，那车在高速路路边停下。

我跟着停车后，小姚过来解释，那人让停车，说要给客户买礼品。再一看那年轻人，趁这空隙，拎起行李就往路边的野地跑。

陈副总是个一米八二的大个子，几步上前架住他塞进出租车后座，并招呼小姚坐到另一侧。我走上前告诉他，别害怕！现在我们去中国大使馆。

又开了三十多公里，两部车来到商务处门外。当时尼日利亚没有移动电话。小姚下车拍着铁门喊叫，王秘书！王秘书！我过去对那位年轻人说，这就是中国大使馆商务参赞处，门口那个铜牌上写着呢。他顺着我所指，看清了中英文馆牌，停止了挣扎。

不一会儿，王秘书开门出来。听了我的报告后生气地问那位年轻人，你是住尼日利亚中国商务中心，还是住商务处？那人拎着行李道，住这里！住这里！快步冲进铁门。

第二天上午 10 点，我们按照王秘书的约定来到商务处。一进办公室，王秘书笑得捂着肚子对我们说，我叫他来，你们听听他是怎么说的。不一会，那位年轻人来了，尴尬地说：对不起！我是第一次出国又不会英语。在国内听说尼日利亚很乱，有不少坏人经常杀人抢劫。出机场时见你们不是王秘书，我就紧张了。把这位小个子（小姚）当成了台湾特务，把大个子（陈副总）当成日本特务……都怪我，以前反特小说看多了。

这人最终没能成为我们中心接待的第一位住客。只是苦了王秘书，既要向他介绍尼日利亚发电机市场情况，还要给他炒菜做饭。因为商务处和大使馆没有设公共食堂，都是各吃各的。几天后王秘书通知我，那位年轻的业务员回国了，他呆了 4 天，没迈出商务处大门一步。

2003年，我们华旭公司大规模介入尼日利亚发电机市场后，我特意查了一下，没发现那家公司在尼有任何贸易记录。

疟疾缠身

1999年4月，某通讯公司王经理来到尼日利亚开拓业务，入住我们商务中心。他是较早来尼开拓电讯市场的中国通讯公司人员之一。

从1998年开始，巨龙、大唐、中兴、华为、贝尔五家中国公司，陆续派出得力干员赴尼拓展电讯业务。为了便于记住这些公司名称，大家还编了一句顺口溜，叫“巨大中华加贝尔”。这些公司在中国国内竞争激烈，入尼后有的公司沿袭了在国内的某些做法，常见的如削价销售以扩大自家产品销量，提升业绩。有的公司甚至规定，自己派出的业务员，不许和竞争方业务员同住一家酒店。我们中心就发生过几起这类事情。以致有人搬迁时遗憾地向我道歉，说十分愿意住在商务中心这个中国商人之家，但公司总部有规定，不能不遵。

王经理来后两个多月，其公司总部委派的驻尼首席代表吴经理，于6月27日抵达入住。吴经理是东北人，硕士毕业，一米八几的个子，办事有股冲劲。一来也顾不上倒时差，就带着王经理去跑业务。当时拉各斯市区经常停电，我们中心只有一台大型发电机，仅能保障夜间供电。吴经理入住后，光着膀子在房内看材料，并且把空调开到18度，生怕停电后房间升温过快。也不知是因此受凉还是奔波劳累，7月3日下午他从阿布贾跑业务回来后就病倒了。

晚餐时我没见到吴经理，问王经理，得知他不舒服不吃饭了。我就赶紧上楼看望，一摸他额头滚烫，急忙问是否吃了药。他回答吃了感冒药。我随即在自己的备用药盒中取来抗疟药青蒿素，让他服下。

当晚23时左右，王经理过来告诉我：吴经理仍然发高烧，是否要送医院。这个时候哪里去找医院呀？而且外面又不安全。我犹豫了一下，还是给中国土木建设总公司尼日利亚经理部打了电话，希望他们的卫生所接诊病人。接电话的李经理告诉我，现在只有一位医生值班，正忙着处置公司工地送来的3个急诊病员，请明天上午再送病人过来。我一听急了，急性疟疾会在短时间要人命的。我向李经理强调，这个客人病情严重，还是马上送去治疗，到时请到门口接一下。李经理无奈答应了，并提醒我路上注意安全。

我当即叫上小许和小姚，与王经理一起把吴经理架上车。我自己开车，摸黑去40公里外的中土公司卫生所。

路上遇到两处检查哨卡，警察盘问我们为什么这么晚出来。我们回答送病人治疗。警察探头向车内简单看了看，就伸手向我示意。我自然明白，赶紧让王经理递上准备好的钱。

午夜一时左右，我们一行赶到。等候已久的李经理赶紧打开铁门，放我们入内。医生检查后确诊吴经理患了脑疟（疟原虫在人脑部危害、极具致命性的一种疟疾），便立即输液抢救。当了解到吴经理从国内来尼还不到一星期，医生便指着病床半开玩笑地说，恐怕他创造了中国人到尼日利亚患疟疾的最快记录。

吴经理输上液后，病情有所稳定，我让王经理留下陪护，我们返回休息，到家时已过了凌晨 4 点。上午，小许送饭去中土卫生所，回来后告诉我，吴经理已经进食，好多了。傍晚，我开车把二人接了回来。在尼十年，我们商务中心与这家通讯公司的赴尼员工始终保持密切联系，他们的敬业精神与工作热情，让我由衷敬佩。

中国人在尼日利亚，疟疾是常见病、高发病。我们中心常备有“青蒿素”和“蒿钾醚”等国产口服抗疟药。发现住客出现感冒发烧症状，都要求同时服用感冒药和抗疟药，故从未发生因患疟疾而死亡的病例。后来我知道，我们这些走进非洲的中国人，尤其是我这个身染疟疾十多次的“资深患者”，应特别感谢屠呦呦，她发明的“青蒿素”，挽救了成千上万条性命。

但对于讳医忌药的人就没有办法了。我们商务中心一位叫布瑞杰特的女佣有天没来上班，负责雇工管理的小魏告诉我，她可能是得了疟疾。我让小魏赶紧拿几粒“蒿钾醚”送去给她服用。但布瑞杰特说要回老家用当地的土方治疗。不几日传来噩耗，布瑞杰特在家乡病故了！

这件事发生后，我们中心的非裔雇员若生病，特别是得了“玛拉厉”（“疟疾”的土语名），便会主动向我们索取中国药品。

隐形药水

2000年初的一天上午，一辆旧奔驰轿车驶来商务中心，下来一男一女两位中国人。男的50岁左右，女的正值妙龄，他们用普通话告诉门卫，要见老板。

我听到门外有汽车声响，便走出来查看。那位男士转身问我："你们老板在吗？"我表示我就是负责人。那人热情与我握手，说有个重要的事要谈。我将二人领入客厅。男士看到有其他人在场，要求去办公室谈。带他们到工作室坐定后，那男士语出惊人，说要和商务中心做笔大生意。我问他，什么大生意？

他说："中国人在尼日利亚做生意常用现金交易，但换成美元后带出去不容易。夹带出境若被海关查获会遭没收。我现在有个办法，可以把钱安全带出去。"

我一听不错呀。当时我国在尼中小企业确实用现金交易，我曾听过中国住客私下商量，怎么夹带现金出境。我忙问他用什么方法？

那人很神秘地叫女秘书去看看门外有没有人偷听，而后从提包中拿出两个用纸包着的瓶状物品，放到茶几上说："这是一种特殊药水，涂到美元上谁都看不出是美元，连X光机都看不到。涂色的一瓶2,000美元，除色的一瓶5,000美元。这生意只有你们商务中心可以做，别的人做不了。不信你可以试试……"

我打断他的话说："好了，我知道你的意思了。我们是用汇款做生意，用不上你的药水。我劝你不要在中国商人中推销这东西，大家挣点钱不容易。用这个处理美元带出境，被查获可就不像夹带那么简单了。你找别国的商人推销试试吧。不过劝你一句，外国人对你可能不会像我这样客气。”

那人听我这么一说，顿时没了刚来时的气势，说他们都不会英语，问我能否派个人给他做翻译，他会付工资。

我没有同意。看在同是中国人的份上，出来闯世界都不容易，我耐住性子劝他回去。

他们走后，我马上给所有中国客商接待单位挨个打电话，查出了那两人的住处。我介绍了情况，希望接待单位找个理由劝说他们回国。因为不管是骗了中国商人还是尼日利亚商人，日后都是麻烦。同时，我让大家在所接待的客商中相互转告，谨防上当受骗。没几天，接待单位打电话告诉我，那两人走了。

车祸殉职

1999 年 5 月的一天，中国某电力设计院党委书记一行，来到商务中心与我商谈开拓尼日利亚输变电市场问题。我入尼不久，不清楚该国这方面情况，对此项业务更是外行，帮不上什么忙。交谈中书记介绍了该院驻尼项目组成员，其中分管市场开拓的是一位年轻专家宁经理。

在中国大使馆帮助下，设计院项目组后来签下了尼北部卡诺州一条输变电线路设计建设项目，总投资额约为 6,000 万美元。

宁经理和我谈了争取项目经过。尼日利亚军政府前总统阿巴查将军突然去世后，国防参谋长阿布巴卡尔将军继任临时总统，任期一年。其任期内尼日利亚将举行民主选举，之后由民选总统接掌国家政权。阿布巴卡尔将军也是北部豪萨人，想在任内为族人做点好事，改变家乡电力严重短缺局面。设计院项目组抓住机遇，以自身具备的电力设计实力为基础，积极参与北部地区输变电线路新建改建项目竞争。连我国驻尼大使也亲自上阵，有天晚上带着项目组成员去尼日利亚电力部长家谈项目，一直守候到深夜十一点部长回家。

苍天不负苦心人。在阿布巴卡尔将军离任前，项目组同临时政府签订了相关协议。他们回到拉各斯住地当晚，我陪同大使等人前往祝贺。大使要求项目组抓好后续跟进工作，力争在民选政府上台后把项目做实。其间，宁经理拉我到户外吸烟，对项目签约后的内部争功现象表示不满。我提醒他，现在还不到争功的时候。从以往的经贸实例来看，签字不等于会履约，只有工程款到了账户才能真正庆功。

好事果然多磨。阿巴桑乔总统上台后，新政府经过严格审核，叫停了前任政府所签的一批工程项目，这个电力设计院的项目也名列其中。其后果就是，设计院未有尼方任何工程款项入账，而各项前期工作则产生了大量支出。驻尼项目组因此受到国内院部的严厉批评，并被大幅削减了开支额度。该项目组内的矛盾也开始激化。

2000 年 4 月间宁经理告诉我，项目组撤回国了，设计院决定只留下他一人负责在尼业务。交谈中，他仍对尼新政府最终履约抱有信心，因为尼日利亚电力供应基础设施落后是不争的事实，发展工业、矿业、加工业需要电力支撑是不争的事实，广大民众对能够正常用电的殷切期盼更是不争的事实。

2000年10月1日，我国某电台首席记者董先生邀请我去他家共进午餐，一起庆祝国庆节。开席不久，楼下有人高喊“董首席”。董太太一听就笑了，告诉我们，宁经理来了。说着起身招呼他上来吃饭。我早就听董首席说过，宁经理一人在尼，日子过得很艰苦，常常连饭都吃不上，是他家的“蹭饭”常客。

宁经理落座时，表示他已用过餐，告诉大家他下午要去卡诺州，这次会与州政府签个标的2,000万美元的电力基础项目，先做给尼中央政府看看，以后就好接国家的大项目了。说到兴头上，宁经理拿起筷子说要尝尝，尝了没几口，便放下矜持大嚼起来。

席间，大家相互频频敬酒，祝伟大祖国繁荣昌盛。自然，也预祝宁经理此番北上，马到功成。

哪知道，宁经理一去竟成永别！10月4日我从大使馆处获知，宁经理3日中午在卡诺州遭遇翻车事故，抢救无效死亡！

后来听开车的尼日利亚籍司机说，车祸发生在一个下坡拐弯处，因速度过快导致车辆倾覆。宁经理身受重伤，送到附近镇子的诊所时已神志不清。他临终前口中反复念着什么，但身边没有中国人，谁都听不懂。

在迎接设计院来尼善后人员时，我见到宁经理的妻子。他生前曾告诉我，妻子已怀孕在身……

一个月后，这个电力设计院驻尼新代表到任。宁经理的未竟事业仍在继续。

失火逃债

某中国公司曹经理是我们商务中心的常客。他有一个令人羡慕的客户——阿拉基，这是尼日利亚穆斯林信众给予去过麦加朝圣者的尊称。

他们的结识十分偶然。那是在国内，一天中午，曹经理正在办公室吃饭，进来一个拎着手提箱的尼日利亚男人，自我介绍他叫阿拉基，问这家公司是否做电源插座出口业务。

曹经理的公司原本只做工程承包和劳务输出，但生意上门，岂有不做之理？他灵机一动，一面告诉阿拉基，出去吃完饭再谈；一面让业务员去附近店铺借些电源插座、插头及弱电开关，问清楚国内的零售价，换算成美元准备报价。当二人外出用餐返回时，公司的出口报价已经完成。

阿拉基认真看完了总货值 30 多万美元的报价单，豪爽地一口答应成交。曹经理喜出望外，问对方怎么付款？阿拉基将他那个须臾不曾离手的提箱放在桌上打开，在场的中国员工一下子惊呆了——满满一箱美元现钞！

此时已是下午 4 点多钟，曹经理马上叫财务科联系银行营业部，请他们加班点钞，并尽快存入公司户头。很快，银行柜员清点结束，整箱美元共40多万，都是真钞。曹经理这下放心了，问阿拉基多出的几万美元是否退给他。阿拉基讲“不用，就放在你们公司的账上，作为我下次订货的定金”。

曹经理向我叙述了他们第一次合作的情景，戏称当时的感受，仿佛是捡到了天上掉下的金元宝。从此，他们公司就开始了电子产品和家用电器的出口贸易。阿拉基自然是最主要客户之一，同时也是优质客户，从不拖欠货款。

在那几年，曹经理国内公司的领导来尼日利亚，但凡拜访阿拉基时，我都会应邀作陪，因此与阿拉基有了些交情。但我们华旭公司从不与阿拉基发生任何业务往来，这是对朋友的诚信，也是基本的商业道德。

以往曹经理来尼都是住上个把月就回国了，住处也是阿拉基帮助预订。可到了2003年就不方便了，再来都是住在我们中心。我这才知道，阿拉基已欠下曹经理公司一大笔货款。

有天曹经理从国内打电话告诉我，阿拉基说他的店铺起火损失严重，请我帮忙去核实一下。我与阿拉基联系后去了现场。那是闹市区街巷中的一处店铺，房顶都烧塌了，不少家用电器烧得变了形。我给曹经理回话报告了自己所见，并把火灾现场照片发给了他。不久，曹经理来尼处理与阿拉基的债务关系，他们公司因此损失了几十万美元，基本上把合作期间赚的钱全赔进去了。

曹经理回国前请求我日后注意一下，阿拉基是否另起炉灶经营家用电器。但茫茫人海，怎么查呀？

可有一天，阿拉基自己找上门来了。他来到商务中心见我，递过一叠宾馆广告单，说他已转行做宾馆业务了，希望我介绍中国人入住他的宾馆。隔日我按广告单指引去看了那家小宾馆，并拍了照片，之后将所见情况材料和照片一并发给了曹经理。

应该说阿拉基已华丽转身了。曹经理公司只能将这笔欠债做挂账处理。阿拉基的资产都在尼日利亚。你到法院告他，除去旷日持久和巨额诉讼费不说，即便赢了官司也无法执行。

这正应了我常对入尼中国客商讲的那句话：钱在你手上时是你的钱，放到他们手中就不是你的了。当时他们是跪下向你要的钱，现在你就是趴在地上哀求，他们也不会归还！

“误”入尼国

2001 年 7 月 29 日晚 7 时许，我接到中国驻尼大使馆杨领事的电话，说有一位中国游客涉嫌偷渡，被尼日利亚移民局送到大使馆；要商务中心将其接去安置，并协助办理相关证明文件，遣送回国。

司机已经下班，我自己开车去了大使馆。杨领事见我到了，招呼一个年轻男子到我跟前，笑着介绍：“这是你们老乡，叫董 × 爱。护照丢失，什么都没有了。”我以为听错了，随口问道：“董什么？”那男子赶紧回答道：“我叫董 × 爱”。

上车时，我不放心他待在后座，让他坐上副驾驶位，并用安全带扣上他。车离开大使馆没多远，董先生看到路上连路灯都没有，问道："我们这是在乡下吗？"我回答说："这里是城市中心，非洲就是这样贫穷落后。"他说："我还以为外国街上到处都是霓虹灯，五光十色。这里却是一片黑乎乎的。"我告诉他，正因为黑，一到夜里，抢劫杀人这类事便时常发生。说着，只见车外不时闪过穿白色阿拉伯大袍的当地人，车灯下露出白森森的牙齿和亮莹莹的眼睛，吓得董先生再不吭气了。

到了中心，我指着董先生用英语告诉门卫穆沙法（音译），没我同意，不能让这个中国人离开院子。

安排好董先生食宿后，我拿来纸笔，让他当晚写出误入尼日利亚的事情经过，明天交由大使馆处理。同时，要他给家里打个电话，一是报平安，二是让家人尽快汇来回国机票钱及食宿费。我提醒他，打电话尽量简短些，因为是国际长途，话费昂贵。

等我们再次进入办公室时，董先生已经结束了通话。说他的家人得知他安全都很高兴，感谢你们的收留，但家里要我问问，遣返的费用，是不是该由中国大使馆支付？

我告诉他：你交足了钱，我送你回国，这是按误入尼日利亚国境办理的；若是由大使馆付钱，那可要按偷渡论处，你回国后的麻烦事就多了去了。

董先生没有犹豫，马上再与家人联系，通话后表示，明天就汇钱过来。

收到汇款后，我们很快为他办理了回国手续，并送他上飞机离开了尼日利亚。

护照被扣

2004年3月中旬，中国Z摩托集团在尼代表李经理来找我，说他的护照被尼移民局查扣，要他25日去接受处理。他一脸愁容，担心自己会被拘留。

我随即带李经理去大使馆领事处汇报。杨领事了解情况后指出：李经理没有办长期居住证，违反了尼政府的相关规定，必须准时去移民局说明情况，承认错误，尽快补办居住证。为防止移民局扣人，杨领事答应届时一同前往，尽量争取当场要回护照。

离开使馆，我问李经理有没有什么中国特产？他说“没有”。我回宿舍后，找了几件国内带来的丝绸制品作为见面礼。

3月25日上午，我与李经理随同杨领事，到了拉各斯市移民局B区分局。局长见杨领事上门十分客气。我趁机送上礼物，感谢他们对辖区内中国人的关照。局长礼貌地收下了礼品。

杨领事给我们做了介绍后，当面严肃批评李经理：作为中国大公司的驻尼员工，更应遵守尼政府的规定，要充分认识错误，以后不得再犯。接着，杨领事向局长求情道：李经理的事是他自己不对，但念在他初来乍到、不清楚有关规定的份上，是否可以高抬贵手，给他补办相关手续，使他能在尼合法长住和开展工作？

当官不打送礼的。局长表示，看在杨领事亲自说情的份上，这件事他们不再追究，可以给李经理办理长住证。他找出李经理被扣的护照交给杨领事，免不了随口教育李经理一番。当他说到

“你不按规定办证，移民局可以扣留你的护照”时，李经理不知怎么的犯了浑，挺着脖子反驳道：我的护照是中国政府发的，你无权扣留，你们总统也无权扣留！

杨领事和我一看不好，想要制止，可他话已出口。

局长一听，当即脸色大变，拍案呵斥：你敢挑衅我们总统！马上按响警铃，提笔写了一个便签条，交给应声而来的武装警卫，指着李经理大声喝道：把这个中国人关起来！

杨领事再想劝也没用了。我们眼巴巴看着警卫押走了李经理。

之后，局长向杨领事索要李经理的护照。杨领事赶紧把护照塞进口袋说：这本护照由中国大使馆保管。李经理刚才讲的话不对，态度不好，我会向大使报告，对他做出严厉处罚。你给他一点惩戒我可以理解，但不可以长时间拘留中国公民。

离开移民局，杨领事在车上对我分析：李经理当着国家公务员的面，对他们的总统出言不逊，这是挺严重的事。但这位局长是个老江湖，没有把事做绝；如果他当时签的是正式的拘留令就麻烦了，我作为中国大使馆的领事，怎么能任由他们拘留我国公民？这事就会闹大。但他签的是便签，这就留下了转圜的余地。

我恳求杨领事尽快设法在入夜之前救出李经理，因为听被移民局关过的同胞说，监室内蚊虫很多，要是还有当地人同监的话，后果就更难预料了。

当天下午 4 点多钟，杨领事来电话叫我去接李经理，之前先到领事部拿点礼品。

我带着礼品去了移民局。局长通知武装警卫带来李经理，严词训斥了他一番。李经理这下学乖了，闷不吭声。也是，人在屋檐下，低低头，又何妨？

采购原油

从2005年开始，具有绅士风度的林先生时常光顾我们中心。他自称，来尼日利亚是采购原油的，且已经有所进展。我提醒他，在尼原油生意水很深，不少中国商人在这上面吃了大亏。但林先生并不在意，夸口他的公司背景很深，路子很广。可究竟如何深怎么广，却又语焉不详。别说与什么人联系了，就是平时打个电话，林先生也尽量避开我们。这是人家的商业秘密，我完全理解。

然而，林先生决不是个小气的人，每次退房前结算食宿费用，他都会告诉我们中心出纳，多算点，你们在这里工作不容易。甚至表示：我生意做成了，第一个要感谢的就是你们商务中心！一定要送一笔钱给你们！

大约是2007年初，有天林先生兴高采烈地告诉我，生意来了！他手上晃动着一张原油采购邀约单，让我派人翻译成中文，并发给他国内的公司。他说："你们不是与中国石油公司很熟吗？你拿给他们看看。如果感兴趣，我愿意与他们合作。原油采购成功了，商务中心作为中间人可以参与利润分成，那可是上百万美元呀！"我接过那张单子瞧了瞧，行文格式非常正规，签发单位当然是有关权力部门，就让财务经理小魏把它翻译出来。

在周一早上的员工例会上，我告诫大家：对林先生客气点，他做这个生意不容易。但我们决不参与其中。不但商务中心不参与、不出钱，员工个人也不能偷偷摸摸私下加入。谁违反规定，一经发现，立马走人。我重申这项规定是有前车之鉴的。2001 年，我们中心一名正式员工，背着单位暗地参加一项这类“生意”，险些造成重大损失，事后只能回国。

过了几天，我在一次会议上遇到中国一家石油公司驻尼经理部的老总，便把那份采购邀约单的复印件拿给他看。他看后说，尼日利亚这类事多了。我不敢肯定这是诈骗，但我们不会介入。回去后，我把那位总经理的话，原原本本转告了林先生，提醒他多一份谨慎。他似乎不以为然。

7 月 12 日上午，林先生突然告诉我，他要回国筹措资金购买原油。结账后，他拎着提包等物品匆匆出门，叫了辆的士去机场了。我觉得有点怪，因为以往他离开，都是在结账时另付车费，让中心出车送他去机场。

午饭时，门卫慌慌张张跑来告诉我们，林先生在门口同两个人吵架。我和小魏赶到门前，见两位陌生的中国人正与林先生拉拉扯扯，他的拎包也被其中一人抢走。我上前制止：“都住手！干什么呢？”林先生捋了捋有些凌乱的头发说：“没什么。我与他们有些误会。岗总，借你们洽谈室用一下。”我让小魏带他们去洽谈室，并注意一下他们说些什么。没一会儿，小魏回来告诉我：好像是林先生曾请这两人帮他介绍客户，答应事成后给好处费。他今天回国，那两人不知怎么得到消息，在机场把他拦了下来。

为防止他们没完没了瞎扯皮，更为了避免话不投机发生肢体冲突，我叫小魏和水电工小许到洽谈室假装闲聊，盯住他们。我则以送水为名，进去转了一圈，提醒他们别谈太久，这房间还另有安排。

这招还挺管用。不久林先生和小魏一起来到我的办公室。他尴尬地笑了笑，说："他们要两万美元。一点小钱嘛，给他们就是！岗总，你们有没有一万美元现金借给我？回国马上归还。"

我看了一眼财务经理小魏，对林先生说："一万美元现金，我们有。但按财务制度我不能借给你。你要钱应急，这样吧，你打电话给国内公司，让他们往我的国内银行卡汇入相应数量的人民币。我确认收到后，马上给你美元现金。"一旁的小魏点了点头，表示赞同。林先生点上根烟，考虑了一会儿说："等下你把银行卡号告诉我，我通知国内马上汇钱。我赶明天的班机回国。"

说完，林先生反身又进了洽谈室。很快，三人出来了。林先生微笑着向我作揖："谢谢岗总！"我问那两人："你们可以走了吗？"那两人道："可以，可以。这就走。"送他们出门时，我提高音量对小魏说："告诉门卫！今后没我允许，这两个人不许进来！"身旁的林先生看那两人出了门，悄悄问我："他们进不来，我怎么把钱给他们？"我回答："叫他们去机场。你进安检大厅前再给钱。给早了，保不准你又出什么事！"

第二天，林先生走了，我派中心的汽车免费送他去了机场。此后，我在尼日利亚再没见到过他。

爱情纠葛

2005 年 11 月 30 日上午，我们从中国驻尼大使馆接来一位中国女士入住，使馆方面要求我们中心帮助解决她所遇到的麻烦事。

这位女士姓王。来后稍作休整，我请她到办公室谈谈情况。王女士一开口便抽泣起来：“我被骗了！”她一边哭述她的尼日利亚籍男友 OL（音译）如何骗光了她辛苦攒下的 50 万元人民币，一边拿出她与 OL 的生活照片让我观看。她说：“OL 现在跑到拉各斯来，不要我了！我还有一个残疾女儿，我怎么活呀……我要跟他拼了！我在尼日利亚没有亲人，就在警察局上吊算了……”

我劝她想开点，别总是死呀活呀的。我问她：“OL 打过电话给你吗？”王女士说：“刚才还打电话来呢。”我说：“你叫 OL 来这里，我与他谈一下。”王女士讲：“连我他都不见，怎么会来这里。”我又问王女士是否知道 OL 的住址或其他的联系人。她回答“都不知道”。

这就麻烦了。我请王女士先去休息。随即把了解的情况报告了大使馆，说明王女士同那位 OL 先生并没有正式夫妻关系，只是情人而已。

使馆主管官员表示：不管怎样，我们都要设法为同胞讨回公道，看看有什么社会关系可以利用，向对方施加压力。如有当地警方介入，就更好了。

第二天上午，王女士告诉我，OL 约她晚上 7 点半在拉各斯某地一个加油站旁见面。这人终于要露面了。机不可失，我立即打了几个电话找人帮忙，但没有一处给我肯定答复。

午饭时，财务沈经理问我王女士的事怎样了。我简单讲了讲情况，说还没找到可靠的警察抓那小子。小沈提醒道，上次我们中心遭劫，那位情报总局官员前来道歉时，陪同来的有位秘密警察官员，他不是说可以协助我们保护中国人吗？

这真是一语点醒梦中人。我立即向大使馆有关领导请示，并获得批准。随后，我给那名秘密警察官员打电话，提出了我们的要求。他同意配合，开出的价码我们也能够承受。

下午 4 点半，商务中心门口值勤的武装宪兵到我办公室报告，他的长官来了。说话间，门外走进一位中等身材的便衣男子，向我行了个标准的军礼，说："Master, good afternoon！Now you are my boss！(主人，下午好！现在你是我的老板！)"接着，他递上警官证给我身边的小沈（尼日利亚军队规定，下级不能直接将材料递给长官）。小沈看后悄声告诉我，他是中校警官。

我问："你们头头对你讲清楚要做什么事了吗？"他回答，"都说清楚了"。小沈又问："带装备了吗？"他掀开衣服下摆，露出腰间的手枪和手铐。我满意地说："晚上 7 点出发。你们先到客厅休息。"同时我让小沈通知厨房，为他们准备矿泉水和面包。

出发前，那名中校警官表示，他们会跟在后面，出现目标后，看我的手势即行上前抓捕。我带上司机和小沈、王女士同乘一辆车，那两名便衣开着他们的民用车，一前一后直奔35公里外的加油站。

那个地方是一处交通枢纽，附近混杂着夜市。我们把车停在僻静处，王女士走在前面，我和小沈同她拉开一段距离跟在后头，秘密警察则混在侧后的人堆里。

转眼快到晚8点了，OL还没出现。这时，王女士接了一个电话，走过来告诉我，电话是OL打来的，说他看到她了，可现在又不想与她见面了，叫她回中国去。

既然OL不肯现身，只能让警官跟他谈谈了。我把这个想法分别告诉了王女士和那位警官，他们也都赞同。打通电话后，警官与OL用当地土话做了交谈。结束通话后，警官说，我严肃警告了他，告诉他要么出来与中国女士好好谈谈，要么尽快归还所骗的钱，不要以为躲就能躲得过去，中国大使馆都在关注此事了。警官认为，OL有可能回心转意。

回到中心后，我把出警费交给警官，另外再给了一笔小费。他收好钱后，向我敬礼说："I'm sorry，Master. May I help you again"。（主人，我感到很遗憾。愿再次为您效劳。）

送走警官，我刚洗完澡，就接到门卫的电话，说王女士要出去。我赶紧跑到门口。王女士说OL来电话了，叫她马上到附近的EKO酒店见面，并问我能不能派车送她。

我表示现在外出有危险，我们规定这个时间没有特别紧急的事不能出车。王女士听后，扭头自己打开门走了。

次日下午，王女士回到中心告诉我们，她与OL合好了，现在退房搬去OL家住，并衷心感谢大使馆和商务中心的帮助。

我还能说什么呢？祝愿他们幸福吧！

商务中心国内各地客户常来常往，我们对某些在华尼商的不端行为——如骗钱骗色等——也早有耳闻，也向大使馆有关人员做过口头反映。

2003年10月初，我回国述职并参加广交会，行前刘总领事找我谈话，让我回国赴会期间，对个别在华尼籍商人行为做些补充调查，并报告当地主管部门，采取措施控制事态发展。

10月18日上午，我来到广州市广花二路，找熟人了解、核实相关情况；下午，转往广州市公安局出入境处外籍人员管理科。接待我的是位女性副科长，她听了简要情况报告，要我拿单位介绍信来做正式笔录。我告诉她，我已定好五日后从福州飞尼日利亚的机票，无法来回折腾；该说的我都说了，余下的，是你们的责任了。

第四章　竭力扶危救困

1999 年 1 月初我到中国驻尼大使馆汇报工作，经济商务参赞处同志给了我一份内部通知，内容是 1998 年 12 月 9 日某中国公司“项目组营地遭武装土匪抢劫”，项目组中方人员一死一伤。

这是我来尼后拿到的第一份正式文件，也是一份非洲经商风险警示书。中国地质工程公司的在尼员工，用生命和鲜血再次告诫人们，在贫穷落后的国度开拓市场，会付出怎样的沉重代价。

20 世纪 90 年代末，我国许多企业开始或加快了“走出去”的步伐。一些企业在不了解目的地国情、不熟悉国际贸易规则的情况下，盲目地跳入国际商海冲浪，仅凭控制资金和许予利益这两个抓手，鼓动员工走出国门开拓市场。他们考虑最多的，是如何尽快地赚它个盆满钵满，一口气吃成个大胖子。而对可能面临的风险，知之不详，准备不足，应对不力；或者明知风险，却心存侥幸，期盼自己不至于成为那个中招的“倒霉蛋”。这就为日后的失败埋下了伏笔。我丝毫无意嘲笑失败者。商场如战场，胜败乃兵家常事。他们交出的高昂“学费”，为后来者的成功指明了路径。

其实，经商风险在世界各地普遍存在。中国有，欧美发达国家也有，而贫穷落后地区尤甚。因为，那儿的风险除了固有的商业因素，还充斥着大量的社会因素——极度贫困伴生的铤而走险、法纪松弛催化的恣意妄为。这，让怀揣善意而来的人们防不胜防。

因此，我们商务中心在日常接受中国客商咨询时，总是不厌其烦地提示风险，告诫大家时刻绷紧头脑中谨慎防范这根弦。而当同胞身陷危难后，我们更是义不容辞施以援手。以致在众人心目中，中国商务中心同中国大使馆一样，是在尼中国同胞的避难所和救护队。十年间，我们配合大使馆搭救被扣中国人质 3 名，救助受困同胞 129 人次，协助中国企业追回被骗或拖欠的货款 4 起共 297 万美元。

尽管有许多成功施救的例子，但也有无可奈何的个案。2002 年的一天，我接到一位中国女子的求救电话，称他们公司在国内与一名尼日利亚商人做生意时被骗，她是此单业务的责任人，负责向尼方索要货款。对方叫她到尼日利亚来谈。她按约定时间过来，一下飞机就被对方控制了，并要求她那家公司交付 100 万美元赎金，而她公司没有这个支付能力。她说现在被关在一处废弃的房子里，地点不明。绑匪每天只给她一瓶矿泉水和两片面包过活，恳求我们设法救她。

我们立即向当地警方报案，并将情况报告了中国大使馆。但案件线索如此之少，连警方也表示无能为力，我们更是无从查找。

此后，直到我结束任职回国，再也没听到这位女士的任何消息。每念及此事，都让我内心极度不安，充满愧疚。

一、穷凶极恶的抢劫

在尼经商及生活、工作，最大的风险莫过于暴力抢劫。它造成的危害，不仅是财物损失，更有严重的人身伤害。

滞留船员回国

2000年4月初，我们中心来了4位没有护照的同胞入住。

与他们交谈时，我发现其中一人左肩部有贯通枪伤。他既不肯多说情况，也不愿去医院包扎治疗，一味要我帮他们办理护照，尽快离开尼日利亚。我很坚决地表示，商务中心可以联系大使馆给你们补办护照，也可以替你们办理回国机票，但首先必须具体说明发生了什么事情，以便报告大使馆处理。

4人上楼商议了一会儿回来告诉我，他们是一艘冷冻货船的船员，受伤的是船上的大副，并让我与船长通电话。经过同对方交谈和入住船员的介绍，我大体了解了事情经过。

他们的冷冻船被一位台商租赁，送海产品到尼东部瓦里港。2月4日大年除夕靠港卸货后，收货的尼日利亚籍商人以台湾商人欠款为由，通知港务局禁止这艘船只离港。他们反复与尼商和台商交涉联系，没有任何结果。

两天前深夜，几名海匪顺着锚链爬上船企图实施抢劫。船员们奋起反抗，活捉了两名海匪，缴获了两支长枪和几把大刀。搏斗中，大副肩部中枪负伤。

第二天一早，他们把海匪及作案凶器送交港口警察局，同时要求送伤员到拉各斯治疗。得到批准后，4人租了一辆的士辗转来到尼日利亚中国商务中心。同行的除大副外，还有一名翻译和两名患病船员。

弄清了情况，我立即去中国大使馆和商务处报告。使馆方面很快也得到国内要求协助船员离境的指示，及时做好了他们的临时护照。

4人回国后不久，21日下午，那位已出境的翻译带着其余19名船员，又来到我们商务中心。船长告诉我，前天他们向警察局申请，要在4月23日复活节尼日利亚全国放假期间到拉各斯来旅游。警方官员对他们勇斗海匪的行为高度赞赏，很爽快地批准了他们的请求。全体船员随即弃船，包租了一架小飞机直飞拉各斯。他说，船已被扣两个多月，租船的台商始终不肯露面，再等下去也不知要拖到什么时候，只能选择先弃船脱身了。

我向大使馆报告后，大使馆政务参赞要求先把他们安顿下来，使馆方面会联系船东单位核实情况。

为安置这批突然到访的客人，我们把自己所住房间全都腾出来，员工集体在办公室打地铺。一边忙着给他们买菜做饭，一边带他们去大使馆做笔录，办护照。

为防止再生枝节，大使馆启动应急程序，加速为他们办理离境手续，订购机票。23日，我陪同参赞护送全体船员到机场，协助他们办理相关出境手续，使他们安全登机回国。

在那段时间，尼日利亚近海一度海盗猖獗。我曾在商务处看到一份中国某远洋渔业公司驻尼分公司的报告，他们所有的9艘渔船，1999年遭遇抢劫12次。也就是说，有的船一年中被劫两次。我曾因为我们中心购买黄鱼等海货时与多名船长相熟，他们反映，这都是西方石油公司造的孽。几年前，尼政府招标开发近海油田，落标的某西方石油公司不甘失败而实施报复，买了一些快艇送给当地的“朋友”，怂恿他们到海上石油钻井平台上抢钱致富。这一来，搞得中标企业无法正常作业，只得关闭平台撤回人员。而那些尝到甜头的劫匪干脆以此为业，把抢劫目标瞄准了航速较慢的渔船。

我听后不以为然。船长反问道：你说未必如此，那怎么解释我们渔船被劫，全都发生在近海石油平台关闭之后？又怎么解释在尼经济落后的东部海域，哪来这么多先进的高速快艇？

解救被劫馆员

2000年11月4日，我国J省在拉各斯市成功举办了出口商品展销会。为感谢各方对办展的支持，展团5日晚在市内酒店举办答谢宴会，邀请中国大使馆商务处孟参赞等五人出席。我们商务中心因同时间承办中国贸促会机械行业分会的展览，没有介入J省的展务工作，故不在被邀之列。

当晚9点10分左右，我接到孟参赞电话，问霍秘书他们三人是不是在商务中心？我回答“没有”。参赞告诉我：J省展团请他们吃饭，饭后他与赵秘书同车，霍秘书与张、马二秘书同车离开，快一个小时了也没见回来，还以为到你们中心聊天去了。

我想起霍秘书讲过，要来我这儿了解机械行业分会办展的情况，就赶紧给他打电话，手机打通了，但无人应答。

过了半小时，孟参赞电话又来了，口气也急促了许多，要我赶快叫人开上车，多带点钱到商务处来。说门卫报告，好像曾看见霍秘书的吉普车经过门口，没有停留而径直开走了。打他的电话已经关机。可能出事了！

霍秘书是“老江湖”了，不至于吧。想是这么想，但我丝毫不敢耽搁，叫起正在客厅看电视的小姚，去通知司机阿萨基马上出车；自己跑到楼上财务室小李处，预领了2万元奈拉。

就在这时，孟参赞再次打电话催促，说赵秘书刚同警察局联系，得知维多利亚岛通向拉各斯的跨海大桥警察岗亭处发生过枪战，有人员伤亡。赶快过来！

我们心急火燎地赶到商务处，孟参赞和赵秘书已在门外车内等候。两辆车随即上路，前往警察局了解情况。值班警察告诉我们，确实发生了劫案，被劫的是一辆本田CR-V，还死了人，死的是印度人，伤的是当地人；你们不用去医院，没有中国人死伤的报告。

离开警察局，我们开车在维多利亚岛区四处寻找，转了两圈仍不见踪迹。路上，孟参赞接到一个陌生电话，通话人说的是本地土语，他听不太懂，就停车让我的司机阿萨基接听。阿萨基听后告诉我们：电话里说有四个亚洲人被劫持了，其中有中国使馆的人，现在他们在靠近贝宁国边境的一个工业区里，要我们赶快去救。我问阿萨基是否知道那个地方？他说知道，离我们这里 90 公里远。

时间已接近晚 11 点了。为了途中安全，孟参赞想起当地华商胡先生的酒楼雇有武装警察，就给他打电话要求帮助。不一会，胡先生带着一名警察乘车到来，说其他警察已回家休息。孟参赞和我走到警察身边，见他所持的是一枝 M-16 步枪。孟参赞问："你有多少子弹？"警察回答："三发"。

天哪！才三发子弹。我俩暗暗叫苦。这怎么对付成群的武装劫匪？孟参赞问我："岗总，你当过兵吧？"我回答："当过。"孟参赞说："我也当过。只能这样了，不能再延误！出发吧！"

可那警察听说可能会与劫匪发生枪战，吓得想打退堂鼓。胡先生立即向他做工作，少不了许以重金了。

三辆车向贝宁边境方向进发。我和小姚带上警察乘坐我们商务中心的轿车，由阿萨基驾驶在前面开路；孟参赞乘赵秘书驾驶的大使馆牌照奔驰车居中；胡先生的标致车随后。一路上，车队数次遇到警察哨卡检查，有的听了我们介绍的情况，痛快地予以放行，有的收下我们给的"辛苦费"后即不再纠缠，但都告诫我们前方危险，注意安全。

抵达工业区门口时，一辆桔黄色的保安车横在路中央。我们刚下车查看，路边草丛中就冲出几个手持棍棒的大汉喝问：“干什么的！”我们回答：“来找中国人，你们有没有看到？”一名保安指着右边的岔路说：“早先有几辆车往那边开去了，不知道有没有中国人。”我们问：“有没有看到黑色的丰田吉普？”保安答道：“好像有一辆。”

我们赶紧绕过保安车，向右边那条渣土路急驶而去。开出大约两公里，前面出现一个不大的土坪，尽头约200米处有昏暗的灯光，隐约可见一个铁栅栏门和围墙。我们估计这里可能是霍秘书他们被押处，就让汽车停车，闪烁大灯并短促鸣响喇叭。

马上就有持枪人影在铁栅栏前晃动。我用英语向对面喊叫：“Chinese！Chinese！”（中国人）栅栏门内随即有人挥手高声回应：“I am here！我在这儿！”因为距离较远，不能确认那人是不是霍秘书。可能是怕我们会开枪射击，一位持枪人说了些什么，那些人很快闪到两旁围墙后头。

我壮起胆子，一边缓步前行，一边举手过头击掌，口中高喊“霍秘！霍秘！”。小姚在我左侧拍着手同行，其他人在后跟进……我靠近铁门时，霍秘书跑出来叫道：“过来！过来！”墙两边同时涌出了十来个当地人，分别手持双筒猎枪、土枪或长铁棍等。霍秘书对他们说：“They are my friends. They are from Chinese embassy.”（他们是我的朋友，是中国大使馆的人）这时，一个管事的走上前来，仔细看了我们两眼，挥手让人把门打开。

我们进入厂区后，霍秘书一把抱住我，拍着我的肩膀说：老岗呀老岗，我就知道你会来救我！张秘书（女）激动地在一旁抽泣起来。孟参赞连忙上前安慰。我在人群中没看到马秘书，急忙询问，有人带我到门卫房后边。马秘书站在墙边正要出来，看见我说：这狼狈相，真不好意思见大家。这位年轻馆员浑身是土，淡蓝色衬衣上映着血迹。我惊问：你受伤了？马秘书说是劫匪的枪弄伤的。

我拉着马秘书来到门口。孟参赞示意应该走了。我拿出带来的 2 万奈拉，给了工厂管事的人。孟参赞向他们表示了感谢。上车时，霍秘书领来一位光脚印度男人介绍说，他是我们的难友，你把他带回去。

返程一路无话。车子开进了大使馆，众人下车相见，激动地互相拥抱问候。一直焦急守候的梁大使高兴地对况参赞说：“赶快报告外交部，他们三人安全回来了！”

那位印度人看见这欢乐的场面，走过来拉了拉我，问能不能送他回家。我这才想起来，这还有一个外人，他的家人也正在望眼欲穿呢。

我转身向霍秘书表示，改天设宴为你压惊。霍秘书拥抱着我说：“老岗，谢谢！我就知道你会来救我。咱们是患难弟兄啊！”

随后我向梁大使和孟参赞辞别，要先行一步送印度难友回家。梁大使和孟参赞他们对商务中心积极参与救援，表达了谢意。

送行路上，印度朋友一直表示感谢，说还是中国人勇敢，为救同胞敢冒任何风险。

过了两天，我请霍秘书几人吃饭，根据他们的叙述和从其它途径了解的情况，基本弄清了这起劫案的经过。

那天傍晚，几名劫匪用衣服裹着枪，在维多利亚岛区通向拉各斯城区的桥上打劫。他们看中了一辆本田CR-V，就亮出枪械抢劫了这部车。开车的是一个印度人，他的车有个防抢启停系统，按下就会报警，三分钟后车子自动熄火。匪徒见车停了，让司机解锁启动。那印度人也许是过度受惊举止失措，一把推开车门试图逃跑。劫匪立即扣动枪机，那印度人血溅一地当场死亡。

听见枪声，桥上执勤的警察围了过来。劫匪们只得弃车，包裹起枪支趁乱混入人群，跑向邻近中国商务处的另一座跨海大桥。就在此时，霍秘书开着那辆丰田吉普车正巧驶近大桥。当霍秘书发现匪徒持枪企图抢劫他们驾驶的车辆时，便加大油门准备冲过去，可前面一辆白色本田思域轿车突然被劫匪劫停，挡住去路，他只能紧急刹车。在前方和侧面几支枪的威胁下，霍秘书不得已按下解锁车门键。三名劫匪瞬间冲入车内。一人直接坐在霍秘书身上开车，跟随白色思域冲过桥上的警察岗亭，飞奔出城朝贝宁国方向逃窜。

出城后，劫匪让在副驾驶座的马秘书爬到后座，一名劫匪由后座爬到副驾驶座，并让霍秘书移到副驾驶座位前蹲下。后排那名劫匪用带血的AK47冲锋枪顶着马秘书的肚子。霍秘书用英语告诉匪徒：我们是中国政府外交官，不要伤害我们，要什么东西都给你。他还特别说明这辆吉普油路不太通畅。开车劫匪大骂：

“闭嘴！再讲话就杀了你！”这时，霍秘书身上的手机响了。劫匪搜出手机丢出车外。后座的劫匪也要张秘书和马秘书交出手机并丢掉。

突然，车内的匪徒紧张起来！原来前方有一个警察哨卡，几个警察晃着手电筒示意停车检查。前面开道的白色本田思域车放慢速度，吉普车急冲到前面。两个劫匪用安全带绕在身上，上半身探出车窗，举起冲锋枪对着亮灯处一阵狂扫。车子直接撞开简易路障，飞奔而去。

两部车开入临近贝宁国边境这座工业区。劫匪找了一个僻静处，把人质押下车挨个搜身，抢走了值钱的东西。本田思域车上的那位印度男子，受到匪徒的特别“关照”，连鞋子也被脱下检查。没找到钱就用鞋底抽打他，并把鞋子远远丢入草丛。

劫匪命令他们四个人趴在地上。一名劫匪说：“你们是外交官，我不杀你们。印度人最坏，最会骗尼日利亚人。赶快滚回去！下次再见到就杀了你！都不许抬头，谁抬头杀了谁！”

四人趴在地上许久，等车辆去远了才起身。这是荒郊野外，他们摸索着往回走，终于看到远处有灯光。走近一看，是座工厂。霍秘书唤醒门卫说明情况。门卫叫来了负责人，隔着铁门问询一番放他们入内。霍秘书提出借用移动电话报告中国使馆同胞，但电讯信号极差。那位负责人跑上楼顶，才勉强打通孟参赞的手机，发出了至关重要的求救信息。

三位馆员十分不幸，经历了惊险血腥的一夜。但又十分幸运，面对穷凶极恶的匪徒，他们不逞强，不反抗，静观其变，避免了更大的伤害。

华人企业遭劫

查济民的查氏集团、李文龙家族企业、董瑞增和董瑞鄂的董氏集团、华亨集团，以及沈文伯的沈氏集团等华人企业，都是尼日利亚赫赫有名的大公司，对尼经济发展有着举足轻重的作用。

我与这批最早踏足尼日利亚开拓发展的华人接触后，发现他们有一个共同点：都是祖籍上海的香港人。大约在20世纪40年代末，由于中国大陆逐步解放，一些上海民族资本家把自己的纺织和搪瓷工厂搬迁到广州及香港。由于种种限制无法再撤往台湾，他们选择在香港拍卖机器设备。此时一批尼日利亚富商和退役将军，来到当时同属英国殖民地的香港，分批买下了这些制造设备，并高薪聘请了一批上海籍技术管理人员赴尼任职。这些人中的精英，经过几十年勤奋经营，一步步从被雇佣者发展成小企业主，最终变身为尼日利亚乃至西部非洲的大企业家。

这批华人企业的发展之路十分艰难，不说政府当局的种种限制，就是劫匪也更乐意把他们当作抢劫目标。据说有劫匪劫后声称：你们来尼日利亚就是“打劫”我们的，今天我代表尼日利亚民众取回我们的财富。

为防止抢劫，各华人公司费尽了心思。有次我去L氏集团联系商务，听说他们新建了员工宿舍，就前往参观。走进新楼，每个楼梯口都有一道厚铁门，楼层左右走廊也各有一道厚铁门，上到楼顶天台前还有一道厚铁门。负责建造施工的中国工程师站在天台告诉我，这就是尼日利亚特色——防备抢劫！他指着一个角落说：我在那儿还备了几十根铁棍，这已是最后的防线，只有拼了！

我去过几家大型华人工厂，门口都有武装警察戒备。进入厂区要经过X光检查，还有铁栏杆单人入口，内部分区域设立检查哨卡，没人陪同根本无法入内。整个工厂看上去就像一座监狱。

但仍然防不胜防！我去过的那个L氏集团旗下工厂，后来就遭遇武装团伙暴力抢劫。匪徒们开着推土机，撞倒隔壁印度人工厂的围墙，鸣枪闯入华人厂区。十几名警察吓得四散而逃，他们的落后装备在匪徒面前不堪一击。

劫匪们一路开枪冲到办公楼下，指挥推土机对着早已踩点确认的收款室外墙猛撞过去。破墙后，匪徒抬着切割机等设备钻入室内，把几个保险箱切开洗劫一空，所幸没有造成人员伤亡。

为此事，中国大使馆向尼政府相关部门表达高度关切，要求迅速破案，严惩暴徒，保证今后不再发生此类事件。中国商务中心也向被劫企业致电慰问。

数月后，工厂负责人告诉我们，警方已成功侦破此案，三名为首劫匪被押到工厂门前，就地正法。警察局为此从厂方领到了一笔巨额奖金。

乔装警员抢劫

2007年1月31日，一家中国公司的驻尼员工小刘来到我们中心寻求帮助：他们昨日在住所遭遇警员打扮的劫匪暴力抢劫，一名员工在搏斗中负伤。根据当事人口述，我整理出一份文字材料，向中国大使馆报告了事情经过。材料内容如下：

2007年1月30日16时44分，我公司三人下班返回MAGODUGRA小区住所。在门口停车后，后面跟来一辆黑色轿车，下来两个黑人。一人穿暗黑色T恤，个高一米八多，手里拿着对讲机；另一人穿灰色T恤，外套一件印有POLICEDE字样的防弹背心，腰间挂着手铐。那两人说，他们是CID，有人举报这里藏有军火、毒品，他们要搜查。

推我们进屋后，他们要我们三人呆在一处不许分开。我们要打电话，劫匪夺去手机并关掉，不让与外界联系，并搜看了我们身上的钱包。我们问："你们有搜查证吗？请出示证件！"那个穿防弹背心的劫匪拿出了一张证件，只在我们眼前晃了一下，不让我们看清楚是真是假。

之后，那二人强行上楼搜查，把三个房间翻得乱七八糟，见没搜到要找的东西，就回到楼下的客厅查找。我们在这儿放着两天卖货所收的钱款14万奈拉。劫匪打开编织袋发现是钱，提起袋子要走。

阿亮见他们是来抢钱的，掏出电话报警。抢匪一看慌了，朝阿亮脸部猛击数拳，抢了手机提着袋子往厨房门外跑。阿亮不顾满脸鲜血直追上去。劫匪抓起水池边上的菜刀砍向阿亮。阿亮闪开后奋力抢夺。缠斗中阿亮右手被划开一个大口子，劫匪左手也被划伤。这时，劫匪发现我们中有人跑出门外大声呼救，慌忙扔下所抢物品跑出大门，开车跑掉了。

阿亮右手受伤，缝了七针。

记者遇劫惊魂

2007 年 6 月 30 日上午，我接到中国大使馆电话，说 ×× 社驻拉各斯首席记者昨天在贝宁边境附近被打劫，让我们商务中心去慰问一下。

我与 ×× 社和国际台历任驻尼记者关系密切。得此消息后即带人买了点物品，赶到 ×× 分社问候。首席记者见我来了很高兴，向我介绍了前一天接来的摄影记者，并在交谈中叙述了事情经过。

6 月 29 日，首席记者带着司机，开车去尼日利亚与贝宁边境口岸，接国内一家大报的摄影记者。下午 3 点办完出关手续，摄影记者出门见附近风景不错，出于职业习惯，端起相机频频拍照。移民局官员发现后，赶过来把他带进办公室，告诉他，尼日利亚政府规定，未经许可不得擅自拍摄公共设施，并要没收他的摄影器材。首席记者赶紧向移民局官员解释道歉，并交了罚款。这么一耽搁，天色已暗了下来。

离开口岸，车辆行驶大约一个小时，前方的车停下了，还传来吵闹叫骂声。司机是当地人，分辨声音听出可能是发生抢劫了。

想要倒车转向，但已被后方来车堵住进退不得。

劫匪逐车打抢，来到他们车前，砸开驾驶座一侧车窗。司机告诉他们："车上是中国记者，没有钱。"劫匪叫司机打开后备箱，司机不从。劫匪二话不说，举枪朝司机腿部开了一枪，随后撬开后备箱，要抢走里面的摄影器材。首席记者二人下车求情，并把身上所带的钱全给了劫匪，最终得以放行。

他们俩转身赶紧检查司机的伤势，所幸没击中要害，简单做了包扎处理后继续开车前行。

车开了也就半个多小时，又遇上了另一伙劫匪抢劫。当抢到他们车时，司机告诉劫匪，这车刚才遇劫，自己还中枪负伤。劫匪看看破损的车窗和车内的血迹，知道已没什么油水可捞，就同意放行。为让受伤司机早点去医院治疗，劫匪让他开车绕道对面逆向行驶。不料车辆拐弯时陷入泥坑。劫匪马上叫来其他被劫停车辆上的人，帮着把车推出陷坑。这，也算是"匪亦有道"吧。

二、花样百出的诈骗

我刚到尼日利亚时曾听人说起过一起联合诈骗：大约在1997年，我国某地一个经贸代表团，在拉各斯一家五星级酒店与尼"政府"某部门签订了一项矿业开采协议。当地主要报纸刊登了这一消息。中方代表团把那张报纸归档收存。中方代表团回国后，根据协议预付了约100万美元的资源利用费和开工保证金等，但此后一直没接到开工通知，联系尼方也没了音信。于是，派人赴尼到政府部门询问，对方一口否认，称根本没这回事。他们找到刊发那篇消息的报社，想探问一下究竟并寻找线索。不料，档案里那天的报纸根本没有关于签订协议的报道！报社人员指出，他们拿到的报纸，肯定是另行印制伪造的。

在尼日利亚，诈骗手法花样百出，让人防不胜防。

欲与猛虎谋皮

1999年8月25日，我随同中国大使馆时任经济商务处兰参赞到尼北部考察，遇见某国企驻卡诺州代表李先生。兰参赞为我们双方做了介绍后说，你们都是国企派驻人员，可以在卡诺州进行经贸开发合作。

李先生是个热情的人，他自我介绍原是企业的英文翻译，自愿来尼开拓市场，到卡诺快两年了。他开车带我参观了当地市场，会见了一位长者，他的重要生意伙伴。他告诉我，这位长者是卡诺土王的亲戚，很有实力。他现在正通过长者，努力与土王建立关系。如果成功，在这儿做生意会非常便利，连政府都管不了。

随后，李先生领我到了他在当地的寓所，交谈中他告诉我：卡诺州除了几家港商外，中国大陆贸易企业只有他一家。国内母公司对他们期望很高，上缴利润任务很重。只有做大生意，才能维持在尼分公司的正常运转，希望中国商务中心能在资金等方面给予他支持。

我表示，十分钦佩他不辞劳苦深入尼日利亚腹地，开拓卡诺州市场，感谢他介绍了当地资源与市场情况。但中国商务中心只是一个自负盈亏的服务性机构，资金实力单薄。如果有前景好的项目，可以考虑参与合作。

辞别李先生后，我参加了当地华侨企业家举办的一个晚餐会，并在席间了解了当地土王的情况。据介绍，卡诺土王势力很大，其子民覆盖了尼北部大部分地区，州政府也要让他三分。但这个土王贪欲较重，跟谁合作都要拿利益大头，否则就麻烦大了。卡诺的华商大都不与其发生生意往来，经贸事宜只同政府联系。

返回拉各斯一个月后，李先生来找我谈合作开发的事，重提给予资金或货物支持的要求。我实话对他讲："我是进出口贸易公司派来的人，公司没给任何贸易周转资金，我还为筹措资金犯愁呢。我可以为你寻找需要的商品，但中国工厂肯定要求一手交钱一手交货，届时你还是要付款的。"同时，我善意地劝告他，据我从卡诺华商处了解，那个土王不怎么遵守商业规则，千万要小心。

李先生笑着说，他们是吃不到葡萄说葡萄酸。表示他与土王的合作一定要继续下去，国内公司领导层也支持他的做法。

通过两次接触，我看出李先生是个实在人，但太书生气了。贸易上关键一点是防人之心不可无，尤其是在法制不健全的国家或地区，权势之下无规则；你同位高权重者合作，无异于与虎谋皮！但我无法说服李先生，毕竟急于求成往往令人盲目自信，况且他已入尼两年，而我则不过是个"涉世未深"的新手罢了。

又过了两个月左右，李先生带来几名中国人入住商务中心，次日即中转去了卡诺州。再次返回已是一周以后，李先生送那批人登机回国。他随后来到我们中心，告诉我，这些人是他公司的领导，他们经过实地考察与洽谈，已同卡诺土王签署成立合资公司协议，进行贸易和工程项目合作；土王派人担任合资公司董事长，他是总经理，他们公司的启动资金很快可以到账。

该讲的话我都讲过了，只能祝愿他们合作成功。

2001年初的一天下午，李先生失魂落魄地来到中国商务中心，对我说，与土王的合作搞砸了！协议上规定双方各出50%的资金设立合资公司，利润五五分账。新年一到，土王就派人向他索要利润，而且是总出资额的20%！李先生声带哭腔说道：刚成立的公司哪有这么高的利润？可土王不信，派人查封了公司，扣下了他的护照和所有现金，声称不交“利润”就不还护照。他偷偷雇了一辆出租车，跑了800多公里到拉各斯设法出境回国，现在连出租车钱还没付呢。

我马上让小姚到门口查看。小姚看后回来报告，确实有一辆卡诺州牌号的出租车，停在我们门口。

我心中一惊！别让卡诺土王顺藤摸瓜，把我们也牵扯进去。

我转过身冷静地告诉李先生：“我给你些钱，你马上坐那辆的士到EKO酒店去。路上对司机讲，你的朋友都回国了，现在要住这家酒店。到酒店付了车费后，你装着去办理入住手续，天黑后再搭乘摩的到我们中心来。”

李先生明白了我的用意，接过钱后拎上包出去了。

我叫小姚把门卫穆萨法叫进来，叮嘱他从现在开始，没有我批准任何尼日利亚人都不许进入我们院子；转身又对小姚和小陈说，你俩过会儿到门外装着闲逛，看李先生来时是否有人尾随。

卡诺的土王不是好惹的。他是尼日利亚三大民族之首的豪萨族宗族长，是可以同国家总统并肩而坐的显要人物。1999 年 8 月下旬，我曾随团谒见这位尊主，亲眼所见臣民膜拜他，如同膜拜神佛一般。我要为入住中心的所有同胞负责，不得不加倍小心。

安排妥当后，我打电话向兰参赞做了汇报。兰参赞表示，虽然商务中心工作人员没有外交豁免权，但你们是中国政府派出的贸易促进机构，大使馆会全力保护你们的人身安全。

天色暗下来后，门卫穆萨法通知我，李先生来了。一直等到小姚他们二人前来报告无人跟踪，我才放心让他进来。

我叫人通知厨师为李先生准备晚餐，随后对他说了我的几方面意见：一是你以前的手机卡不能再用，明天给你买张新卡；二是你不能再联系任何尼日利亚人；三是从现在开始到最后离开，你都要待在房间里，连院子都不能去；四是你可以联系熟悉的在尼中国商人，通过他们，通知你们国内公司汇钱过来好让你回国；五是尽快把情况写清楚，我明天带到大使馆为你补办护照；六是为提防卡诺方面通知移民局扣人，不能从拉各斯机场离境，要考虑其他出境通道。

落到这般田地，李先生同意了我的全部安排。

还算幸运。李先生在华商朋友帮助下艰难出境，满怀惆怅逃离了非洲。

“馅饼”从天而降

“利”字身旁一把刀。生意场上，如果不艰苦细致做足功课，如果急于求成幻想一夜暴富，那么，离挨宰就不远了。

某教授在尼的离奇经历，也许就是很有说服力的例子。

这位教授任职北京某名牌大学，是享受国务院政府津贴的知名学者。他的父母是民国时期的著名科学家，自己生于英国伦敦，讲一口流利的纯正英语，学术造诣挺高。

一次他在伦敦访问讲学时，有位尼日利亚青年学生与他攀谈，声称其叔叔是尼中央银行副行长，告知其尼国内有大量黑钱需要漂白，让其在外找关系进行操作。他说，现在有个大约两千万美元的机会，问教授是否有可靠渠道进行合作。

不知那位年轻人凭什么言辞说动了教授，也不知教授有无做进一步核查，反正他听信了，想要抓住这次机遇，回国就开始筹措运作资金。凭着他深厚的家庭背景和自己的身份名头，筹款并不太难。他汇了两万美元前期活动经费给那个学生，坐等好消息上门。但此后再无任何动静，如同泥牛入海，绝了音信。

事情过去后，教授恢复了正常的教学生活。有次课间，他同一位相熟的尼日利亚留学生交流时，提及了那次被骗的事。学生气愤地说，那人完全是一个“419”。这组数字是尼日利亚反诈骗法案的法律文书编号，在尼即为“诈骗犯”的代名词。学生作了点解释接着说：“你要做生意，可以找我叔叔帮忙，他是尼日利亚国家石油总局的副局长，在石油项目开发和原油贸易等方面都掌握实权。”

这番表白，让教授平和的心境又活动起来，决定放手一搏。他说服了一些民营企业家参与集资，自己也变卖了部分家产，筹集了几十万美元，带着一位合伙人来到尼日利亚。

入住商务中心后，教授告诉我，他此行是要同尼国家石油总局洽谈合作事宜。我提醒他多加小心，谨防受骗。他说自己的关系人是石油总局实权派人物，不会有问题；并拿了一张报纸给我看，上面登载着那位副局长在一次会议上发表的讲话稿，还配发了照片。没过两天，他与对方联系妥当，退了房往首都阿布贾去了。

半年后，教授的女儿打电话给我，说她爸被骗光了所有的钱，希望我们帮忙找到他并送回北京。

我们住的拉各斯离阿布贾挺远，就通过关系打听他的下落，有消息说，教授仍在首都，经常与当地商人出入高档酒店。

有天晚上，教授突然来到我们中心，对我说，他仍要回国筹钱，吃一堑长一智，下次一定成功！一副斗志未减的模样。

我以为是文人要面子，说说而已。谁知过了一段时间，教授带着筹到的钱再次返尼，在我们中心住了一晚又去了阿布贾。

数月后，教授太太打来电话哭着说，教授又被骗了。现在家里欠着一大堆债，值钱的东西都卖光了，女儿女婿也搬出去了。

她现在是一无所有，就盼望教授赶快回去，不要再折腾了！

我将情况如实报告了中国大使馆商务处，大家一致认为要尽快劝说教授回国，避免越陷越深。

我们通过移动电话找到了教授，他说自己现在身无分文，要家里汇机票钱来；并表示这次回去，再也不来尼日利亚了，欠别人的钱，回国后慢慢还。

不久教授太太打来电话，说她筹到了 2,000 美元机票款，但直接打给教授不放心，已汇往商务中心代购教授回国机票。收到这笔汇款后，我们用教授的护照资料订了机票，通知他来拉各斯乘机回国。第二天，我陪送如期到来的教授前往机场，看着他办完离境手续出关登机，看着飞机离地升空方才放心返回。随后，我将教授所乘班机预计抵京时间，打电话通知了教授太太，请她安排接机。

可几天后教授太太来电说，教授没在那班飞机上，根本没回北京！我马上联系机场方面询问究竟。对方告知，那位旅客最后一刻退票离去。

撞了南墙不回头，被骗反身亦骗人。我内心不禁生出一阵悲哀。

处心积虑行诈

浙江某公司驻尼办事处，2005 年 11 月租用我中心办公室开展营销活动。

不久后我听说，这家公司是与一名当地商人有了经济纠纷，才迁入商务中心办公的。于是，我请来该公司蔡总经理了解情况。蔡总经理气愤地说，哪是什么纠纷，是对方恶意敲诈！说出来都嫌丢人，还是不说的好。我表示，你不愿细说，我能够理解；如果有难处，我们商务中心可以帮助你们。

2006 年 1 月 9 日上午，门卫报告：有个自称叫 OTUNBA（音译）的本地商人，带着律师和警察，押着一名中国女子，说要进来搜查这家公司的办公室。我听后，立即叫小沈通知值勤宪兵拦住他们，等我前去处理。随后，我快步来到该公司的办事处，见蔡总经理正在通电话。他看到我的示意，放下电话说：打这个电话的女士，原先是我们公司的雇员，现被警察押在门外……

我打断他的话说："我都知道了，你赶快把钱和重要物品收起来，到我办公室避一下，他们由我来应付。"

我出去时，见那伙人已进入我们院子，但被中心雇请的两名宪兵持枪拦住。我问他们："来我这有什么事？"那个叫 OTUNBA 的商人回答："这家公司欠了我的钱，我们要搜查他们的办公室。"我说："这位小姐已到别的中国公司上班，跟这家公司没有关系了。"那位小姐哭着说："他们是到我现在上班的地方把我抓来的。"

我转身对 OTUNBA 说："你可以进来，其他人不行。"我示意小沈，让宪兵把那两个警察请出院子。OTUNBA 提出他的律师要一起进来。我同意了。

他们进了这家公司的办公室，转了一圈，什么值钱的东西也没有。OTUNBA 又提出要去后院。我说：“那是我们中国人住的地方，你们不能进。现在请回吧！”宪兵一听我下了逐客令，立即持枪把那两人推向门外。

我告诉在一旁抹眼泪的那位小姐：什么也别说了。这个 OTUNBA 不会善罢甘休，你可能要回国躲一阵子。接着叫小沈带一部车，把她送回现在供职的公司。

随后我回到办公室，问蔡总经理到底怎么回事？他原本不愿露“丑”，现在见事情已经闹到这儿，便爽快地叙述了全部经过，过后还给了我一份他们整理的书面材料。

材料的内容如下（人名做了遮蔽）：

蔡总经理于 2003 年 11 月在尼日利亚拉各斯市 ECO 酒店参加一个展销会，结识了当地商人 OTUNBA。之后两人时常通过电子邮件联系，探讨公司产品在尼的销售前景。经过一段时间准备，公司决定赴尼开拓市场。2004 年 4 月 30 日，蔡总经理带着员工董某、毛某二人到了拉各斯，先后在拉各斯某写字楼和在尼日利亚投资中心设立办事处。从一开始，OTUNBA 就利用公司的信任，处心积虑实施诈骗。

其一：公司来尼想买辆轿车，OTUNBA 说他可以帮忙找车行的朋友。5 月初，他带公司人员去车行选定车型，借口帮助代交押金，拿走了 1,800 美元。之后，公司催他要车。但他说，那个朋友收了押金出国了，一直没有回来。

其二：公司要申请一部固定电话，OTUNBA说由他操办，趁机偷拿了公司的空白行头公文纸，为日后制作假收据作了准备。

其三：5月底，OTUNBA声称帮公司物色产品的代理销售商，要走一份格式合同，那上面有公司的签名。这为他制作假收据模仿签名埋下伏笔。

其四：2004年6月，业务员董某、毛某要办一年的工作签证。他又毛遂自荐帮我们去办，先后拿走11万奈拉办证费用。结果，他只给二人办了三个月的延期。

蔡总经理于2004年6月6日回国。同年7月15日返回拉各斯。此时，公司人员已经意识到OTUNBA根本不是一个正经生意人。他从来无意帮公司介绍客户，扩大业务，一门心思全放在怎么从公司骗取钱财上。所以，公司人员开始对他有了防备。他察觉到自己不再像从前那么受到信任，于是使出阴毒一招：用公司的行头公文纸并模仿签名，制作了一份假收据，称公司收了他三万美金购货款。

2004年7月22日，他带着几个警察搜查了公司驻尼办事处，把公司三人带到警察局，出示了那张假收据，要公司马上还他三万美金。公司人员不愿被扣在警局过夜，便想给点钱与他私了。但他一口咬定要三万美金。蔡总无可奈何，答应了他的要求，条件是公司人员马上拿回护照，离开警局。

就这样，公司无端被他敲诈了三万美元。

看了这份材料，我问蔡总，不是给了他钱吗，怎么还说欠他钱？蔡总说他也搞不清楚，也许是OTUNBA又伪造了一张什么欠条。我气愤地说：“叫他来，我跟他谈。”

过了几天OTUNBA来找我，坚持讲这家中国公司欠他的钱。我问“可有证据”。他拿出一张手写欠条给我看。我指出：“按中国的公司法，这欠条没加盖公章是无效文书，只有盖上公司章方能生效。”他听后愣住了，不知如何争辩。

蔡总经理曾给我一张OTUNBA的护照复印件，我取出来警告他，如果你继续讹诈中国公司，我就把这个复印件交给中国大使馆将你列入黑名单，今后你想去中国将被拒签。同时，我会把你的所作所为，通报所有在尼中国企业和商户，提醒大家不与你进行任何合作。

OTUNBA听了我的这番话，气急败坏地离开了我们中心，临走还不忘撂下一句狠话：“早晚要给你点颜色瞧瞧！”不久，蔡总经理领着公司员工，匆匆撤出尼日利亚回国了。我们中心工作人员对此十分不满，说他引来祸水，自己却跑了。

OTUNBA果然试图报复，先是派律师来，后又带着警员亲自上门挑事，我都一一挡了回去。

事已至此，我也不再犹豫，把这家中国公司揭露OTUNBA敲诈行为的书面材料和他的护照复印件，一并上报中国总领事馆，请他们考虑是否将此人列入黑名单。

2006年4月26日晚，我在尼首都阿布贾参加了阿巴桑乔总统欢迎中国国家主席胡锦涛的晚宴。尼日利亚主要电视台对此做了充分报道。4 月 28 日我回到拉各斯住地，接到 OTUNBA 的电话，他说在电视播出的总统欢迎晚宴上看到我了，希望我能不计前嫌原谅他……

我挂断了电话。与骗子，我无话可谈。

三、无孔不入的腐败

法纪松弛，腐败盛行。当年在尼行商办事，谁想清白为人，拒不行贿送礼，那肯定寸步难行。而利用职务索贿，实在是家常便饭。

遭遇钓鱼执法

中国 H 公司业务经理小王负责在尼开发市场，需要与各类人打交道。这个年轻人经常回来高谈他在外又结识了谁谁谁，上至土王和政府官员，下有商贾和警员。他特得意的是，当地土王的小儿子是他的哥们，他们经常在一块喝酒唱卡拉 OK。王经理有时表示，自己现在在尼是玩得转的人，什么都不怕；如果商务中心有麻烦的话，他可以请朋友罩着我们。大家都知道，他是一片好心要回报我们对他工作和生活上的关心。

1999 年 12 月 6 日下午，门卫通知我，有位女士来找王经理。王经理下楼后，边扎领带边对我说："这是我刚认识的一个女客户，她父亲很有钱，希望能与我们公司做些通讯业务。"他还问我"可否借用楼下大厅与该女士洽谈"。

当时我们中心还在阿穆都·迪佳尼两层小楼，十二个房间住满了中国商客，只有楼下是公共场所。为了大家的安全，我们不允许住客带当地人入内。我半开玩笑地对王经理说："你们先在外面聊聊，如果谈得顺利，可以去那边EKO酒店。悠着点。"

王经理看我态度坚决只能作罢。他走出去与那位女士握手，并在门口长凳上坐下交谈。不一会儿，王经理一脸煞白进来说："我上当了！那女士是移民局的人，说我用旅行签证开展贸易活动，违反了尼日利亚法律，现在就要带走我！"

我听后暗叫糟糕，王经理中招了！我立即要小许、小姚先去稳住那群移民局官员，随后打电话给大使馆商务处孟参赞报告情况。孟参赞强调不能让移民局把人带走，说马上派赵秘书前来处理。

王经理情绪稍定，一拍腿说："有办法了！我让小王子来帮忙。"

赵秘书与那位小王子几乎同时到达我们中心。赵秘书非常老道，听完情况介绍后坐到沙发上讲，那让小王子先处理吧。

小王子面露难色，但仍然表示可以试着说说情。一会儿，他回屋告诉王经理："移民局官员说你做了违反法律的事，这我就帮不上忙了。对不起，我得先走一步。"眼见小王子匆匆离去，王经理一屁股坐到沙发上，绝望地一个劲念叨："完了，完了！"

我问冷眼旁观的赵秘书："老赵，你看怎么办？"王经理也哀求道："赵秘书帮帮我！我不愿去移民局监狱。"

赵秘书要过王经理的护照说："你们别出来，我自己去处理。”转身出门与移民局官员交涉。过了会儿，赵秘书进来要我把王经理的护照复印一下，转身对王说：“你违反了尼日利亚国家移民法，一是在尼超期居住，二是外国公司代表处非法经营。他们要带你去讲清楚情况并立即遣返出境。现在我用外交官的身份，担保你将配合移民局的调查，你会配合吗？”王经理回答：“会，我会！”

赵秘书打电话向孟参赞做了汇报，拿着护照复印件再次出门。不久，移民局那伙人离开了我们的院子。

第二天上午，我们三人按约定时间去见移民局局长。送上所带礼物后，赵秘书告诉局长，我们中国使馆已对王先生进行了教育，他们公司承诺今后一定严格遵照贵国法律居住和经商；请给他们一个改过的机会，中国大使馆对此表示衷心感谢！

局长向王经理强调了外国人在尼居住和经商的有关法律，尤其是外国公司代表处不得经商的规定。他说：“看在赵作为外交官的面子，就这样处理：一是王先生必须尽快离开尼日利亚，如果再回来我们欢迎；二是罚款三千奈拉，再犯就要羁押！”

我们赶快交了罚款，离开了移民局。

经此一事，H公司吸取教训，很快在尼依法注册成立了分公司，合法居住，合法经商，事业发展迅速，驻尼员工最多时达上百人，其中不乏硕士博士。

借防“非典”索贿

2002—2003 年我国发生“非典”期间，拉各斯机场移民局官员常以“疑似非典”为名，查扣我国来尼商客。如果奉上 100 至 200 美元就可以放人，不交钱就有可能被拒绝入境并遣返回国。

2003 年 11 月中旬，中国贸促会机械行业分会来尼办展，在拉各斯国际机场遭遇大规模查扣护照索贿事件。尼日利亚中国商务中心作为展会协办及接待单位，第一时间给中国总领事馆和商务室做了书面情况报告。

报告原件如下：见下页。

关于2003中国（尼日利亚）机械、轻工产品展览会参展人员在11月15日和16日入境时被尼日利亚移民局无理扣押护照索取钱财的情况报告

拉各斯总领事馆、商务室：

现将我们在举办2003中国（尼日利亚）机械、轻工产品展览会，中国参展人员来尼入境时，所发生的尼日利亚移民局无理扣押参展人员三批53人中国护照（其中有26本因公护照），索取钱财的情况汇报如下。

今年10月为做好2003中国（尼日利亚）机械、轻工产品展览会人员，进入尼日利亚签证事宜，我们与尼日利亚驻我国上海商务代表处首席代表阿比科伊先生，商谈赴尼参展人员赴尼签证事。阿比科伊先生表示，此次中国商人赴尼办展是中尼两国人民友好往来的一件好事，他会协调尼日利亚驻中国大使馆做好中国参展人员的赴尼签证。11月初在尼日利亚驻中国大使馆和尼日利亚政府驻上海商务代表处的帮助下，全体一百余名我国赴尼参展人员的入尼签证全部顺利办好。

11月15日17时，第一批参展人员12人乘法航班机进入拉各斯机场。入境后拉各斯移民局官员将这12人的中国护照全部扣留。我方接机人员即与其交涉归还护照，该移民局官员讲要报上级批准。在找到当班移民局穆撒法局长后，穆撒法讲，因没有书面通知移民局，所以他们不知此事。因此要求下次来参展人员时要书面提交通知和出具有关办展的文件。

11月16日12时，在第二批14名参展人员乘肯尼亚航空公司班机进

入拉各斯机场前，我方接团人员就将有关参展人员入尼的正式通知函件，和尼日利亚总商会（NACCIMA）经尼日利亚商务部批准，同意办展的批准证书交给当班的移民局穆撒法局长。同时解释这批中国公民入境的手续是由尼日利亚驻中国大使馆签发的，他们是为了中尼两国人民的友好往来，和经贸发展而来尼日利亚的。穆撒法局长表示会通知有关值班人员给予放行。但当参展人员进入签证处时，一名胸牌为3715号的移民局官员将我国参展商的护照全部收到办公室，其中有5本中国因公护照。并分别将两名参展人员（其中有一名女性），和另两名同机入境的中国公民带入办公室，无理要求他们交钱后才能放行。在他们的威逼下这四人每人交了200美元，共计800美元后才将这四人放出办公室。我方接机人员闻讯后立即通知穆撒法局长放行。但就在穆撒法局长交待当事的移民局官员放行并离开后，当事的移民局官员又向我方取护照人员索取钱财。考虑到参展人员已等候了两个小时，不少参展人员因长途旅行已十分疲惫，我方人员只得再交给这些尼移民局官员四万奈拉，这才取出被扣的护照。

当天晚17时，第三批参展人员27人乘法航班机进入拉各斯时，尼移民局官员再次将这27人的护照扣留，其中有21本中国因公护照。在我接机人员与他们交涉时，尼移民局官员威胁，如不交钱就要将这27名持有中国护照的人员全部遣返回中国。我接机人员据理力争下，在近一个半小时的交涉，尼移民局官员方送还护照。

我们全体参展人员严正抗议尼日利亚移民局部分官员，无理粗暴的对待持有中国护照，并签有尼日利亚驻中国大使馆合法签证入境的中国公民，并且无耻的索取钱财。我们要求尼日利亚政府惩处有关肇事人员，退还已索取的钱财，并保证今后不再发生此类事件。

2003 中国（尼日利亚）机械、轻工产品展览会全体成员

尼日利亚（中国）投资开发贸易促进中心

2003 年 11 月 17 日

这三批办展人员入尼我都前往接机，亲眼目睹了当班官员的胡作非为。16 日晚我写好报告，经展团核对无误后，第二天上午即行上报。

中国总领事馆对此高度重视，马上向尼移民总局发出抗议照会，要求严惩当事官员。中国大使馆通过多方努力，使尼日利亚总统阿巴桑乔充分明了这一事件的严重性，亲自过问并要求严肃处理。2003 年 12 月 31 日，尼移民总局向中国大使馆和参展团发来致歉函。

当天当班的穆沙法（音译）局长得知移民总局要彻查此事，赶紧跑来找我希望撤销此案，见我无能为力，就要求见中国使馆领导。我向总领馆报告后，刘总领事来到中心。穆沙法局长仍然

请求销案。刘总领事讲，中国来尼展团当时就报告了大使馆，事实清楚，已无法撤销。

穆沙法局长听后十分绝望，干脆跪下向总领事求情。我赶快扶起他，希望他找出涉案人员交给移民总局，这样他才有救。

展会结束，参展人员回国后，尼移民总局礼宾司派人与我联系，要我们去机场指认作案者。我告诉他，中国参展人员都已回国，无法前往指认。

没几日那官员又来了，说总统坚持要尽快查处索贿官员，当天全体值班人员现在都已被拘留，拖下去总局无法向总统交代。

我请示大使馆怎么办。使馆领导说只好你自己去了。

2004 年 1 月 16 日，我与那日同去接人的小陈，在尼移民总局官员陪同下，来到拉各斯机场移民局办公室。他们让已被拘留的人员逐一与我照面。在我这个外国人眼中，黑人长得基本一个样，自然认不出来。但我问，那个“3715”号牌的人总有吧？

他们坚称没有这个号牌，说肯定是外部人员混进来干的。我说，他们是什么人，干了什么，我都看到了！我们是那么好糊弄的吗？

回去后我把指认情况报告了大使馆。参赞叫我注意安全，防止对方狗急跳墙进行报复。

不久后我获知，那日机场值班的 26 名移民局官员，全被调职到尼偏远地区工作。这，姑且算是一种处罚吧。

合资公司陷阱

许经理是我国一家油田服务公司的驻尼代表，2001年前后入住中国商务中心。这个机灵鬼读大学时英语成绩拔尖，毕业后先是分到公司项目部工作，后来自告奋勇来尼开拓市场。他们那家公司的主要业务是油田道路建设、钻井设备运输和维修等服务性项目，这在盛产石油的尼日利亚具有相当大的发展空间。

在商务中心没住多久，许经理去了尼东部产油区寻找项目。两个月后他回来了，兴冲冲告诉我此行收获不小；让我们代购机票，要马上回国汇报工作。

很快，许经理去而复返，陪同他们公司几位领导入尼。一行人入住中心后与我做了一次长谈，重点了解尼日利亚，尤其是东部地区的社会、经济状况，以及油田建设的发展前景等；并告知，他们此番是专程前往东部产油区考察项目的。

过了不到十天，许经理乘坐东部州政府的轿车，匆匆来到商务中心见我，说他们公司领导这次考察洽谈很顺利，现已到机场候机回国，特意让他来向中国商务中心表示感谢。他透露："他们公司已同东部某州政府签订协议成立了一家合资公司，中方首期出资30万美元，占有51%股权；尼方州政府负责提供建设项目，占49%的股权。公司由他出任董事长，一名副州长任总经理。目前，中方已打入启动资金10万美元。"

我对许经理说："你们选错合作方了。作为外资企业，怎能与政府合资开公司？你看一下世界各国公司法，都是两个以上的自然人或企业方可合资，否则是不受法律保护的。”许经理坚持说公司已经依法注册，有州政府给项目会有很好的发展前景。

我问他，新公司是否是在当地注册的？许经理答“是”。我告诉他，尼日利亚中央政府规定，成立公司特别是外资公司，都应在中央政府办理登记手续。

我又问他，你的护照还在不在身上？许经理答道：“他们说办公司登记要用法人身份证件，我的护照已交给有关政府部门。”

我提醒他，在尼办理公司登记只需要验明护照，有时只提供复印件就行。你在尼是外国人，护照千万不能落到别人手中。我要他马上回去设法取回护照，并把我的意见尽快转告国内公司领导，请他们慎重考虑。另外，我表示将向大使馆商务处汇报此事。

许经理一脸茫然地走了。几天后他给我打电话说，护照还没拿到，州政府坚持要他们公司将其余 20 万美元尽快汇来。

担心的事果然发生了。我只能尽力安慰许经理，让他就以回国催款为名，要回护照另谋对策。

此后，这位年轻人再未与我联系。我先后向几家在尼的中国石油公司打听这家公司的消息，他们都讲未曾听说过这家公司。

四、形形色色的风险

帮助追讨货款

2003 年 6 月 13 日，商务部西亚非洲司一位官员电话通知我，拉各斯有家当地公司，拖欠中国S化工公司货款150万美元。要求尼日利亚中国商务中心配合我国驻尼大使馆商务处，协助该公司追讨货款，同时尽可能修复好双方的关系，以便日后继续开展贸易。

我了解到，双方交易的货物，是一种化工生产的边角料叫“电石渣”。这是电石水解获取乙炔气后，以氢氧化钙为主要成分的废渣。1吨电石加水可生成300多公斤乙炔气，同时生成10吨约含12%固量的工业废液，俗称“电石渣浆”。电石渣可以代替石灰石制造水泥，生产生石灰等化工原料，还能用于环境治理。

第二天，我到机场接S公司的四人讨债组到我们中心，安排好食宿后，随即带他们去商务处开会，商量解决办法。据他们介绍，这个尼日利亚公司与S公司开展贸易已有两年多时间，近几个月开始拖欠货款，其主要理由是，在银行换不到美元。得知贸易双方并未中断电讯联系，我不禁松了一口气：这情形，看来并不像恶意拖欠。

会上我们做了分工：首先由商务处出面，帮助S公司与尼贸易伙伴会谈协商，催促其尽快还款；而后我们商务中心上阵，协助该公司以商业途径解决具体问题。为避免给尼方造成太大压力，商务中心不参加前期协商。计划妥当，S公司讨债组组长即用我的移动电话，与尼日利亚公司N总经理联系，约定面谈时间。

第二天中午，讨债组成员与尼方N总经理结束了在商务处的协商，来到我们商务中心。在洽谈室落座后，N总经理长舒了一口气说：“刚才压力很大。到这就好了，大家都是商人，看看商量个解决办法。”我立时切入主题：“你有还款计划吗？”N总经理回答：“我不是没钱，而是银行的钱换不到美元汇不出去。你能帮忙吗！”我说：“这个不难解决。首先你要证明你有钱，我才能想办法帮你把钱汇出去。”N总经理表示，他可以让开户银行出具证明。我追问：“什么时候？”N总经理答复：“争取明天吧。”我立即敲定：“那就明天。到时让银行客户经理一起来，我要核实你在银行的资金情况。”

第三天下午，N总经理带着银行客户经理来到我们中心。看了他的存款证明，并与客户经理交谈后，我心里仍然有些不踏实，叫我们中心财务魏经理陪同讨债组财会人员，与客户经理同去银行核对。过了一会他们回来报告，N总经理的公司在该行确实存有巨额奈拉，足以购买200万美元外汇。

我对那位银行客户经理说：“现在就看你们银行的能力了。如果能够尽快把N总经理公司所欠的货款汇还给这家中国公司，我会介绍大量的中国公司到你们银行开户。怎么汇款你们想办法。如果还是汇不出，你应该知道会有什么后果。”银行客户经理提出，最好和他们总经理谈谈。我一口答应，约定次日上午三方一块儿去银行。

转眼又是新的一天。接近中午时，魏经理与S公司会计从银行回来，带来了该银行总经理的承诺书，保证在一个月时间内，汇结N总经理的公司所欠货款150万美元。

不出一个星期，S公司的同志告诉我，公司账户已收到尼方合作伙伴汇来的首笔欠款57万美元。随后，陆续有汇款到账；最终在一个月内，尼方公司还清了所有欠款。讨债组按照公司授权，与N总经理的公司签订了新的供货合同，开始了新一轮合作。

S公司讨债组圆满完成任务。送行时，我告诉他们，不要以为此番来尼没有风险。尼方公司如果动了坏心眼，大家可能命都难保。讨债讨丢了命！这样的事，在尼日利亚绝非个案。此次讨债成功，首先是中国驻尼大使馆高度关注，施加压力；其次是尼方公司经营正常，未生恶意。最后我开玩笑似的说，把那么大一堆钱交给别人控制，这诱惑，能让好人也变成坏蛋！

火灾突如其来

2003年11月6日下午，我接到中国（尼日利亚）工商联合会王副会长的电话，通知我拉各斯市马丁斯大街尼日利亚大厦发生火灾，内有数十家中国商户设点经营。我立即请他组织自救，防止人员伤亡。随后，我一边打电话报告大使馆商务处，一边乘车赶往现场组织施救。

事后，我向商务部西亚非洲司做了火灾情况书面报告。原文转贴如下：

关于11.6火灾事件情况的报告

2003年11月6日16时05分左右，位于拉各斯岛马丁斯大街的尼日利亚大厦，因八层一家当地人经营的电脑商店的空调或其它电线路短路引起了严重火灾。火灾播及八层的大部，七、九层的部分。

该大厦是中资公司比较集中的经营场所，约有50多家主要经营中国鞋类、纺织品等商品的批发业务的中国公司。我国受损的公司为设在八层的郑州恰里恰里公司，其所有办公设施及放在办公室的货物全部损失。吉尔利公司、宝来公司等设在该层的中国公司受到程度不同的损失。七楼、九楼两层主要是在撤离过程中个别公司的办公设施和货物被水渍湿或烟熏。因目前该大厦仍被警察封锁，中国公司准确的损失情况无法统计。无中国人受伤的消息。

火灾发生后，中国（尼日利亚）工商联合会（简称中商协）和尼日利亚中国投资开发贸易促进中心（简称尼中心），及时向我国驻拉各斯总领事馆和商务室负责人汇报了情况。刘英海总领事、祝端俛商务领事立即派刘瑾丹和江贵平领事到现场了解情况。尼日利亚中国投资开发贸易促进中心肖永斌和陈颖也及时赶到现场了解情况并组织我国脱险商人撤离现场。

中商会拉各斯分商会刘洋会长和江峰理事在得到火灾发生的消息后立即带人赶到火灾现场救人。刘洋和江峰赶到现场后，见宝来公司四名在八层工作的中国商人因发生火灾时来不及撤离，情急之下慌不择路爬出窗外准备跳楼逃生。刘、江二人见此情，立即高喊阻止他们跳楼，随后脱下衣服用消防车流出的水浸透后，蒙住口鼻冒着滚滚的浓烟冲入楼内，当到达七层时发现火势和有毒浓烟已封住八层入口出无法进入，为防火势蔓延到九层和七层，他们只得关闭了通道口，转到七层设法迎救还趴在窗口的四位中国同胞。此时在楼下的黑人兄弟利用八层窗户旁的一条电话线将一条粗绳递给八层的中国人，在八层的中国人再将此绳的一头系在办公桌上，而后他们一个接一个的从窗口顺着绳子在刘洋和江峰的接应下安全进入七层后撤出大楼。

与此同时中商会副会长王忠启和拉各斯分会副会长姜海平，在楼下与该大楼管理部门联系保护存放在大楼内中国公司货物的安全事宜。

火灾发生的很短时间里在该楼下集聚了几千围观的当地人，和大量的警察及救火车。因场面极为混乱，先后发生了两起哄抢中国人手机和钱财事件。在警察的帮助下哄抢的黑人当场被抓走。见此景尼中心肖永斌和陈颖与商会的其他成员，立即组织我国脱险商人 30 余人在警察的帮助下于 17 时 40 分撤离现场。

当晚 18 时 30 分左右因保护大楼的警力不够，发生了个别楼层抢劫事件。为防止我国在该楼工作的公司再次受到损失，中商会拉各斯分会立即联系调派 12 名警察到现场与当地的警察一同控制局面。到 23 点左右局面被控制住。

11 月 7 日上午，中商会拉各斯分会派员与大楼管理部门就火灾事件和灾后重新开业事宜进行了会晤。要求该楼管理部门加强消防安全措施，尽快重新开业。该楼管理部门表示会尽快解决消防安全设备，并协调警方尽快重新开业。

在此次火灾发生中我国商人紧密团结自救互救，体现了组织起来的我国商人的团结和组织力量。总领事馆和商务室及时派员到现场了解中国商人的受灾情况，体现了我国政府对海外华人的关心。受到我国在尼商人的赞扬。

从我们数次对火灾发生现场工作的我国公司人员事故原因的调查，初步认定为八层一家当地人经营的电脑商店的空调或其它电线路短路引起火灾。鉴于以往的经验，下步应注意尼警方调查人员是否会嫁祸于已受重大损失的几家中国公司。如果发生此种情况，我们已提醒这些公司及时应对，尽量避免这些公司遭受更大的损失或承担不应有的责任。

中国（尼日利亚）工商联合会

尼日利亚中国投资开发贸易促进中心编稿

2003年11月8日

受困政策多变

当年尼日利亚是一个变幻莫测的市场。你的商业行为碰上国家层面的政策改变，做任何努力都是白搭，只能眼睁睁承受经济损失。

2006年1月9日，我国某省某船务公司郑总等二人入住我们中心。他们介绍，船务公司接受一位台商的订单，运送2.9万吨散装水泥到尼日利亚东部哈科特港（Port Harcourt）。2005年

11月到港后，船只一直无法进关卸货。原因是尼日利亚政府在一个月前发布政令，取消了原先发放的散装水泥进口许可证。他们希望中国大使馆出面联系尼政府，尽快解决卸货问题，否则散装水泥三个月后会板结成块，这艘由某县某村农民集资购买的3万吨级散货船就要报废。而从装货出海到现在，时间已接近三个月了。

我得知此事涉及尼政府现行政策，随即陪同二人去见中国驻拉各斯总领事馆商务室胡参赞，商讨解决方法。

胡参赞表示，尼日利亚政策常变，一旦改变，想转回头就十分困难，只能姑且一试。他很快带着郑总经理等二人去了阿布贾，通过王大使与尼交通部和工业部两位部长协商，但都未获同意。

在此期间，我通过商务部西亚非洲司的领导，与驻周边国家的中国商务中心联系，并请求尼日利亚商人朋友提供解决之道，但没有一处能帮得上忙，只因当时在西部非洲，仅有尼日利亚哈科特港具备散装水泥卸载能力。

为保住船只，该船务公司最后提出把这船水泥免费送给尼政府使用，但仍然遭到拒绝。几经折腾，万般无奈，船员们只得离港出海，自行解决去了。

代为保管钱财

2008年底，长住我们商务中心的H公司尼日利亚分公司财务经理来找我，说他们准备同当地一家华人公司开展采购业务，有一大笔货款要汇入这家公司的在尼账户。她问我是否了解该公司的情况。

接受在尼中国企业及个人的商务咨询，是我们中心的本职工作之一。我告诉她，据我几年的观察了解，这家华人公司十分可靠，没听说出过什么问题。如果双方合作出现问题，中国商务中心会尽力协助他们解决。

财务经理刚走，我马上后悔了。这是国外，这是非洲！这儿，什么情况都有可能发生！一家企业是否可靠，你凭什么随口打包票？不怕一万就怕万一，大笔资金进入这家公司，万一有什么变故，H公司遭受损失不说，你自己是不是也要担责？思来想去，越思越想越不对头。我赶紧让人把那位女经理请了回来，跟她商量道，从资金的安全角度考虑，能不能做这样的安排，就是你们公司把货款打进我们商务中心账户，我们按合同完成进度和你们公司的指令付款给合作方。钱放在我们这里，绝对安全，我们也不会动用。我告诉她，这是我个人的建议，请她向分公司领导及国内总部请示是否可行。

过了两天，商务处刘参赞专门找我了解此事。我把自己的想法详细做了说明。刘参赞说，我相信你们商务中心，但操作一定要谨慎，别好心办了坏事。

又过了几天，H公司驻尼分公司经理与合作公司老板来到我们商务中心，三方现场完成协议条款并分别签了字。此后，H公司的大笔货款分批汇入了我商务中心的账户。

麻烦事总是不请自来。就在那家华人公司开始向H公司供货后，这家华人公司的老板在一次夜间出行时被警方抓扣，罪名是“涉嫌毒品交易”。我托朋友通过关系打探案情。他们了解内幕后告诉我：这人根本没有接触毒品，是有人要敲诈他而设局陷害；现在，他公司的所有账户都被警方查封，家人正四处筹钱保释。

我第一时间把这件事报告了刘参赞，希望拉各斯中国总领事馆出面干预。与此同时，我也向H分公司领导通报了案件情况。他们也认为，肯定是有人得知那老板最近谈成了一笔大买卖，企图借警方之手从中谋财；并感谢我们中心的谨慎安排，使他们的巨额资金不至于陷入困境。

那几日，我心里一直有点小得意，为自己的先见之明、谨慎之举而得意；但也一直在反复思考，如此没事找事，是否值得，是否应该？

好在一周后，那位华人老板在家人交钱之后被保释出狱。一天夜里，他悄悄来到中国商务中心，告诉我和H公司的财务经理，他清楚这单买卖有人暗中使坏，恐怕交易要推迟进行，给他一点时间想办法解决。

又过了半个月，H公司驻尼分公司通知我们，合作伙伴公司通过其它途径开立了一个新账户，可以开始向这个账户汇款。按他们的指令，第二天我们中心往那个账户打入第一笔货款。在我2009年2月结束任期回国前，商务中心户头上的H公司购货款项已全部汇出。这表明，两家公司的此单合作圆满完成。

其实，我们中国商务中心保护在尼华商的钱财是件平常事。可笑的是，有时我们自己并不知情，反要旁观者点醒。

2003 年底，华商间疯传尼日利亚经济调查局开始摸查中国商人经营情况，华商聚集的拉各斯“龙城”一时间人心惶惶。12 月 10 日傍晚，有两家常年在本地经商的中国商人要求入住我们中心，说他们现在的住处缺水少电不方便，并爽快地预交了几天的食宿费。负责接待的小蔡正忙着安排他们的食宿，门口又开来一辆商务车，下来两位提包拎箱的中国商人，要办入住手续。第二天这情形还在延续，陆续有华商抬着大小箱子前来求住。

正当大家为我们商务中心的影响力快速提升而沾沾自喜时，有位朋友打电话向我透露，近日市井传言当局要查办中国商人，许多人把钱财带进你们中心以求避险，你要当心！我恍然大悟，感觉我们中心成了“保险箱”了。

我赶快把小蔡叫来，让他通知这批住客，他们所带钱财若超过 10 万奈拉，请把超出部分交给中心财务代存，保证安全；未交的钱财，若发生丢失或抢劫，本商务中心概不负责。

过了一阵，风声平息。这些华商又带着他们的大小箱包，高高兴兴回家去了。

第五章　华商永不言败

我自接受任命赴尼创建中国商务中心，一度有过对中心未来运作模式的困扰，即：究竟是单纯提供商务保障服务，还是实行服务与行商并举？

在 1998 年设立初期，外经贸部曾明确禁止驻非中国商务中心开展经贸活动，要求集中精力为中国企业开拓非洲市场提供保障性服务，别尽想着自己挣钱而抢了其他赴非企业的生意，或降低了应有的服务质量。这一要求自然有它的合理性。但随着形势变化，尤其是运作经费的制约，执行这项规定变得十分困难。

原先，按李岚清副总理的指示，各驻非中国投资开发贸易促进中心的建设经费均实行“拼盘筹集”，即“国家出一点，承办企业所在地政府出一点，承办企业出一点”。但在具体操作中，所在地政府的那“一点”基本是口头承诺，没有资金到位；而承办企业的那“一点”，大多也是放空炮；实际执行人在少了两个“一点”后，能用的钱只剩下国家的那“一点”——财政部从中央外贸发展基金下拨的款项。这笔钱，只够商务中心购买办公及接待用房。而商务中心的食宿接待收入盈余，也仅能支付日常水电费、房屋维修费和当地雇员的工资，远不足以维持正常运转所需。如果你试图在提高收费标准上动动手脚，那无异于自断后路，把国内来访团组与客商赶到当地酒店去了。

这还是当初的状况。到我们福建外贸集团承办驻尼中国商务中心时，国家支持的建设经费发生性质改变，首次由拨款变成借贷。也就是说，我们从国家进出口银行拿到的钱，尽管同属中央外贸发展基金，但必须支付略低于银行利息的“资金使用费”。这无疑给我们的运营增加了额外的负担。

我们集团在“走出去”前经过资金流向测算得出结论：单纯服务的运作模式肯定行不通，那会是一个赔本的买卖。我们的驻尼中国商务中心必须做到服务与经商两手抓，以服务为主业，完成国家的规定动作；以经商为支撑，灵活开展经营自选动作，获取收益保证商务中心正常运转。

因此，我们出国前设计了一个贸易公司“CFN Company”（华旭有限责任公司），并于日后在尼登记注册。我向外经贸部解释，之所以成立这个公司：一是当时中尼两国尚未就建立尼日利亚中国投资开发贸易促进中心最终签署协议，我们可先以CFN公司之名，行商务接待服务之实，推动中国企业加快入尼步伐；二是驻尼中国商务中心正式挂牌后，与CFN公司严格分割，两块牌子两套人马，在人员与资金上互不交叉，保证商务中心的服务性质，避免陷入经济纠纷；三是通过CFN公司在尼开展经营活动，熟悉当地商业环境、贸易法规和操作流程，积累行商经验，为商务中心日后接受商务咨询打牢基础，并为商务中心正常运作提供资金支持。总之，如果连我们自己都两眼一抹黑，看不清商路挣不到钱，那又如何帮助指导来尼日利亚的中国企业赢利？

外经贸部对我们设立 CFN 公司一事给予支持，但要求我们首先要做好主业——经贸促进工作。一直到三年后的 2002 年，商务部方才正式允许各商务中心开展经贸活动，自筹发展资金。由于我们较早在尼开展了经贸活动，从资金层面确保了商务中心高效运转。尤为关键的是，2007 年我国调整政策，要求各驻非中国商务中心归还所借中央外贸发展基金款项时，我们处理了在尼房产再加上历年贸易盈余，才得以还清借款本金和部分使用费。

一、不辞艰辛探路忙

我们在尼日利亚行商，所面对的是一个完全陌生的市场。只有不辞辛苦艰难探索，方有可能踏上坦途。

建立营销据点

由于拉各斯市治安状况很差，商品经销场所是盗抢案件高发之地，而经商的外国人更是盗贼抢匪的首选目标，故先期到来的中国商人基本都是在住处、宾馆酒店或利用中国大使馆商务处的接待室，与当地商人洽谈商贸事宜。这样做固然风险较小，但也难以打开规模营销局面。为尽快扩大中国商品在尼的影响，我们决定挺进当地商品大市场，占据一席之地开展商贸活动。

按照“大胆决策，谨慎实施”的思路，我们有步骤地开始着手市场调查。入尼一个月后，即1999年2月初，商务中心职员小姚结识了迪荀（音译）先生。他是个有着绅士风度的年轻商人，办事认真，不苟言笑。他自告奋勇，愿为我们考察带路。

拉各斯当年主要有两个大型市场。一个是设在拉各斯岛区的玛瑞纳日用品和轻纺商品批发零售市场，另一个是设在大陆区的阿拉巴家用电器批发零售市场。按照由近至远次序，2月4日上午，我们首先去了玛瑞纳市场。

这个市场集现代元素和原始落后于一体。豪华的高楼大厦傲然挺立，风光无限；可周边四处是沿街搭盖的简易商铺，低矮昏暗，有的店前放着小型汽油发电机，用以照明及驱动风扇。市场内道路年久失修、坑洼不平，路边堆满垃圾；但所售日用品倒也齐全，其中许多是中国出口商品。

到下午3点多钟，迪苟先生开始催我们离开，说下午4时以后到次日上午9时

▲ 拉各斯玛瑞娜市场远景之一

之前，市场就进入不安全时段。

2月19日上午，我们前往考察阿拉巴电器批发零售市场，开车两个小时方才抵达。市场设在郊外一片空地上，简易的主路两旁，各商家搭建的店铺几乎望不到头。这里号称是“西部非洲最大的电器市场”，邻近的国家如贝宁、多哥的商人都来这里采购进货。与玛瑞纳市场一样，这儿的主要商铺也大都用木板搭建而成。也许是管理措施比较到位，市场内没有遍地的垃圾和污水。但治安情况则更严峻。我们进入的那天，就在市场入口处，路边摆放着两具烧焦了的尸体，在炽热的阳光下暴晒。几名警察持枪躲在树阴下闲聊。尸体旁，一块破硬壳纸片上写着“the robber's end（强盗的下场）”。

我们步行绕过围观人群进入市场。迪荷先生打听后告诉我们：上午8时许，商人陆续进入市场时，十余名强盗趁机打劫早市店铺。众人奋力围堵抓住两人，在群情激愤下施行了尼日利亚特有的私刑——在强盗身上套上废轮胎，浇上汽油点火焚烧。

▲ 拉各斯玛瑞娜市场远景之二

这以后，我们还陆续看了几

▲ 玛瑞娜市场营销点（二层栅栏处）

个小些的市场。凡出外考察，大家都是早上9时前后带上饮用水出门，为防备打劫，一般不带公文包，但身上要放几千奈拉，以备不时之需。中午都不在外吃饭，避免感染疾病。顶着40多度的高温，仅靠一瓶饮用水完成一天的考察行程。

经过反复比较权衡，我们最终选择在玛瑞纳市场安营扎寨。这也是由我们当时所能经销的商品所决定的。因为那时我国的机电商品，在国际市场上还未形成竞争优势；而我们来自福建省，初始经营商品主要是纺织服装和鞋类等传统商品，符合玛瑞纳的市场定位。

1999年7月16日，我们签约租用了玛瑞纳市场一栋商城的两个房间，计划朝街的那间做商品展示室，里面一间做洽谈室。

这是中国人第一次在尼日利亚最大城市、最大市场设立商贸营销办公室。装修期间，当地孩子看见我们就喊“Japanese”（日本人）或“Korean”（韩国人）。我告诉他们，我们是“Chinese”（中国人）！不久，孩子们见了亚洲面孔的人，便改口喊“Chinese！

Chinese！”

“Chinese！”没错。中国人，来了！

试水商贸交易

我们在考察玛瑞纳市场过程中，小姚与一名客户谈妥一个20尺货柜蘑菇罐头的交易意向。2月18日，我们到了那位客户的办公室，我在双方购销合同上签字，财务小许收到客户预交定金7,000美元。50天后，货物到港交付。

这是我们在尼日利亚做的第一单生意。最后结算下来，我们只有230美元的毛利润。如果扣除人员和联系国内厂家等成本费用，这单生意是赔钱的。什么原因呢？我们分析，因为我们是卖单交易。即我方将海运提单和形式发票交给最终买方时，最终买方支付全部货款，并且由买方承担该批货物的报关和销售的风险。因此最终买方当然要压低采购价格以减少他们的经营风险，而我们则只能在国内工厂的卖价和国外最终买方的买价这个微薄的空间中争取我们的利润。这也是在我们不了解这个市场时，能采取的唯一经营方式。

我原先在国内集团公司曾在鞋帽部工作过，认识许多鞋厂老板，因此我就试着做拖鞋买卖。这次我们自己找清关公司，但结果还是不理想。进口一个40尺加高柜的“人”字拖鞋，售后利润仅有600美元左右。究其原因，估计是本地市场此类中国货太多，以致卖不起价来。

当年9月4日，我们的马瑞纳市场营销办公室结束装修，正式开业，主要从事鞋帽、服装、文具等中国传统商品的批发，不做零售业务。但生意难做，经营一年收支基本持平。

经过最初的营销实践，我们发现尼日利亚市场销售的进口商品，价格普遍偏高。像超市里的电器商品如电视、空调等，价格要比中国市场高出一倍以上，食品更是贵得离谱；而声称大众消费的阿拉巴市场，销售电器也有近60%的利润空间。这么说来，赚钱本应不难。但深查细究就会发现，造成进口商品价格畸高的原因很多，主要表现为：首先是进口费用高，这包括了运输费、进口关税、清关代理费和港杂费等；其次是销售开支高，商品进店有发电机柴油费、雇请保安费等额外支出，有税务局和警察局等政府部门的相关收费，还得向社会势力进贡钱款以求平安；再就是违约成本高，许多当地商人精于“空手套白狼”，其所购商品如果卖不动就要退货，不从即来闹事。对外国商人，那些自称的“忠诚合作伙伴”，甚至会带上警察或打手来威逼你接受退货。

经过一段时间的实践尝试和观察分析，我们决定采取两方面对策：一是严格控制成本，精打细算减少费用支出，保证自己经销的商品在当地市场具有价格竞争优势；二是要做别人没做、不愿做或做不了的生意。特别是资金使用量大的生意，投入大，风险也大，有实力有意愿参与的商家就少，回报自然较大。

我们在尼行商，首战并未旗开得胜；但建立了营销基地，发展了人脉关系，总结了经验教训，为日后的市场开拓打下了基础。

借力政商精英

1999年9月上旬，为推动中国“走出去”战略在尼实施，大使馆经商处兰参赞带我去阿布贾，拜访尼工业、农业、商务和电信等部门长官，向他们介绍我国经济发展状况，了解最新经贸政策动向与投资机会，希望他们支持我国企业入尼创业。

当年，尼日利亚政商界精英们并不太了解中国已开始崛起，有的甚至认为中国经济还落后于尼；提及世界经济强国，顺序依然是美国、欧盟和日韩。我们出行在外，路人也往往把我们当作日本人，可见普通民众心目中也没有多少中国人的地位。

即使是这样，也没有吓退我们上门做工作的脚步。我们陪着兰参赞忙着与各部官员联系见面，办公室不行，就约在会议休息时间在走廊碰面，或约出来一块吃饭交谈；部长见不到，就约见其助理或司长。会见时，我像个推销员，忙着递送中国商品资料册和小礼品。坚持话说到，材料递到，一个不少。

在走访尼商务部时我们得知，1997年11月到访福州市的尼日利亚政府代表团团长托卡·马尼，现已调任尼通信部常务秘书。这可是个实权派人物。经过联系，他对当年在中国受到的热情接待记忆深刻，爽快地同意第二天上午会面。

9月7日上午，我们一行人准时到了托卡·马尼常务秘书的办公室。兰参赞讲明来意，我介绍了我国通信工业的发展概况，并递上了特意整理的相关资料。介绍情况时，托卡·马尼先生翻看了他办公桌上的电话机，之后对我们说：我用的这两部电话机，一部是德国西门子的，一部是韩国的，你们中国能否制造这样的产品？我告诉他，我国早就造出与西门子同等质量、某些性能甚至更优的电话机了。

过了一会儿，他的秘书说常务秘书还有其它事务要处理，礼貌地把我们请出了办公室。外头，果真有数位官员排队求见。

返回路上，参赞表示，一定要让托卡·马尼先生用上中国产电话机。他强调这是重要任务，要我尽快送给他一部电话机。

临时从国内调货来不及了。好在我入尼时带了两部性能优越的国产话机。回到拉各斯后，我把那两部使用不久的电话机擦拭干净，放入原包装盒交给兰参赞。兰参赞亲自试用后，确定没什么问题，随即给托卡·马尼写了一封信，让王秘书带上他的信和电话机，在第一时间乘飞机去阿布贾，转交给常务秘书先生。

之后，我把尼通信部这个关系，介绍给了刚入尼开拓市场的我国某通讯公司驻西非代表吴经理。后来吴经理告诉我，托卡·马尼先生2000年成功访问了深圳该公司总部，并就深入考察该公司旗下的制造工厂、引进其产品和生产技术达成共识。

在尼日利亚商界，我接触最多的是半官方组织“NACCIMA”即全尼日利亚农工商矿联合总会的官员。我们商务中心在尼筹办9次中国出口商品展览会，他们都是重点邀请嘉宾。我曾多次带领中国有关省份的经贸考察团组前往该联合会，洽谈开展合作事宜。但效果很不理想，对我们所需的商务信息资料，对方也大都不愿或不能提供。

我在尼还结识了国会众议员奥爵（音译）先生。他曾在北京的农业大学留学，能用中文做些简单交谈，自称经常向国会提交学习借鉴中国农业发展道路的议案。我几次介绍他与中国商户进行贸易合作，但他手头资金不足，洽谈都没成功；而我们的生意，他自然不便参与，因商务中心具有中国政府背景，他若加入进来可能会影响其政治前途。奥爵先生在参选新一届国会议员时，曾就竞选资金问题向我求助。我很明确地拒绝了，并如实告诉他，莫说我们没有多余的资金储备，即便有，也不能投在商贸以外的范畴。我可不想因自己的鲁莽行为，惹起什么国际政治风波。

奥爵先生落选后，我支持他在阿布贾成立了一家公司注册事务所。由于他为人诚信可靠，而且具备一定的中文沟通能力，我引荐了许多中国入尼公司到他的事务所办理注册事宜。

我如此忙活，本想借助当地政界商界精英之力，迅速拓宽中国企业的商路，做大贸易，但最终并未得到多少实质性帮助。唯一值得欣慰的是，增厚了人脉关系。

生意场上，人脉在，希望存。

觐见部族土王

尼日利亚有大大小小许多土王。他们是各自宗族或部落的领袖人物，带有很强的种族和宗教色彩，拥有极高的威望，同时还保留着选美甚至是活祭的权力。据说所在地政府5%的税收，须得进贡给土王支配使用。当地人告知，政府管行政，土王管理土地与臣民。

在尼做生意，没有土王的支持不行。觐见土王，就是告诉其子民，我们是他们的王请来的外国朋友，应当受到欢迎与尊重。

我所见的第一个土王是住在卡诺城的土王，他是尼日利亚三大民族之首的豪萨族的宗族长。那是1999年8月26日上午，经尼政府安排，我随同各国驻尼外交人员前往觐见。

王城建在一堵两层楼高的红色城墙内，墙顶有类似中国长城箭垛的装置，这在非洲十分罕见。进入王宫前，一行人按要求留下了所有的拍照和通信设备。

等了约半小时，王宫官员引领我们入内。随着红色大门徐徐开启，门洞两旁出现几名巫师念着咒语驱邪祈福，一群妇女伴随左右进行驱鬼仪式。院子里保留着非洲的乡村气息，道路由石块砌就，两旁裸露着红土地。

进入古旧而不甚奢华的觐见大厅，我们被安排在王座的左下方就座，右边坐满了身穿白色阿拉伯大袍、佩戴各式华丽配饰的大臣。很快，以念咒开道的巫师为前导，土王步入觐见现场。大臣们纷纷下跪行礼，我们起立鞠躬致敬。土王入座后，一位大臣和一位尼政府礼宾官员出列跪拜，用豪萨语分别禀报了我们一行的人员组成情况和觐见目的。欧盟驻尼使节代表觐见团发言，向土王及其臣民表达了良好的祝愿。

随后土王用豪萨语致辞，欢迎外国友人到访，希望大家能为其臣民带来幸福安康。他介绍了豪萨族群的起源，言称其祖先是一千多年前从北非迁徙而来，族人们深爱着脚下的这片土地。

土王讲完话，我们分批走到王座前鞠躬致谢，并缓步离开。

我第二次见土王是2000年3月30日。那天我随梁大使率领的中国赴尼商贸代表团，到尼东部埃多州（EDO）的贝宁城访问。贝宁城历史悠久，是一千多年前西部非洲强盛一时的贝宁王国的都城，也是尼东部伊博人、西部约鲁巴人乃至邻国贝宁国的民族发源地。

在埃多州政府安排下，州财政厅高级官员陪同我们一行觐见了贝宁土王。觐见程序与首次觐见基本一样。只是贝宁土王会见宾客时，其身后始终有一名持刀武士护卫，脚边卧坐着两名童子。土王讲话时偶尔咳嗽，其座下众大臣也齐声咳嗽，不知是表示与王同甘共苦，还是为掩饰王之疾患。

此外，我在尼期间还见过几个较小部族的土王，他们都是外来者必须尊敬的人物。

二、拿下摩托车市场

当年，我们入尼开展经贸活动时，这儿的摩托车市场基本是日本货的天下。我曾在市场调查中发现，日本卖到尼日利亚的二手80CC摩托车，市场售价为400美元。这个价格，那时在中国买一辆同款全新建设雅马哈绰绰有余。而到2004年，中国产摩托车在尼销售已占据垄断地位。在这场攻坚战中，我们商务中心起到了推波助澜的作用，没有分享胜利果实但尽享胜利喜悦。

征战硝烟初起

2001年5月下旬一天，我请山东省赴尼展团用餐后回到商务中心，恰巧我们从国内订购的40尺高柜拖鞋，也从几内亚转运到场。我上前查验货物情况，同行的参展人员也驻足一旁看热闹。卸货结束后，山东某摩托车公司副总经理等三人过来与我交谈，问我卖一个高柜拖鞋能挣多少钱。我心里清楚只能挣500美元左右，但口里答复能挣1,000多美元。那位副总笑着说，那你们不如与我们公司合作销售摩托车，我保你每柜所得不少于2,000美元利润。

这可是瞌睡碰到了枕头。我立马动了心，把他们请进办公室进行磋商，并达成初步合作意向。

一开始，我们为该公司试销了以“CKD”（completely knocked down 即大散件）包装的两个货柜摩托车。销售挺顺利，每个货柜收到2,200美元的代理费。

几个月后，这家摩托车公司的副总经理又来到我们中心。由于前期试销顺利，他强烈要求迅速扩大销售规模，表示他们公司可给我们300万美元的赊账额度，并要我们向尼经销商逐级赊账，通过强化合作垄断尼日利亚摩托车销售市场。说着，交给我一份合同书。我告诉他，合作规模如此之大，而且是在高风险市场进行赊账销售，我需要时间慎重考虑。

当天，我与我们公司的销售人员仔细审阅了那份合同书，反复考虑了合作的各个环节，都没有发现什么问题。又经过一晚上思考，直到第二天我方才恍然大悟，原来这是转嫁风险！这家摩托车公司把摩托车赊账给我销售，我再赊给尼经销商，我就成了他们公司的还款保证人了。我的欠款他们是一讨一个准，莫说商务中心在尼有价值500万美元的房产，即便到商务部还是福建集团公司，我也是“跑得了和尚跑不了庙”。而本地经销商一旦出现拖欠问题，向他们追讨货款全是我的责任，那时就算我踏破铁鞋，肯定也是无觅处的！想通后，我与这家摩托车公司副总通了电话，告诉他这单生意我们商务中心不能做，并提醒他，在尼赊账销售存在巨大风险。我们两家的合作就此结束。

过了不到一年，这家摩托车公司的一位年轻人来商务中心找我，说他们那位副总已回国述职。他拿出三本尼日利亚商人的护照，请我帮他们办理赴中国商务考察的签证。我说这是正常签证，他们直接到中国大使馆办理就行。那年轻人恳求道，这几个商人欠了我们300多万美元的货款，公司总部催他们尽快前去洽谈还款事宜，按正常签证程序走，怕时间长了又变卦。

尽管他们曾把我的好言相告当作耳旁风，但这个忙还是要帮。我立即拿着这三本护照到中国大使馆，向领事处负责同志说明情况，请求尽快办理签证。领事及经办人也急中国企业之所急，对那三人的签证给予了加急处理。

与这家摩托车公司结束合作后，我曾在半年时间内两次应邀到访宗申、嘉陵等重庆摩托车生产厂家，向其管理层介绍尼摩托车销售市场现状、近期走向预测和风险防范等情况，鼓励他们组建销售队伍入尼开拓市场。

其实，较早进入尼日利亚摩托车销售市场、且销量较大的中国企业是南京金城摩托车公司。他们在尼的销售代表，因被竞争对手告发，称其违反了有关外国企业代表处不得在尼进行实际销售活动的规定，而被尼移民局拘留。我随同中国大使馆商务处官员前往办理保释手续，所见同胞遭受的苦难令人刻骨铭心。回去后我告诉我们的销售人员，今后CFN公司不做中国摩托车在尼销售业务，我们不能与最早入尼开拓市场且付出代价的中国摩托车公司争利。

狙击贸易保护

随着中国主要摩托车企2002年前后相继进入尼日利亚市场，中国产摩托车的市场声誉逐步提升，销售形势日渐看好。这时，一个坏消息突如其来：尼国家××部为扶持民族工业发展，计划在国内兴办摩托车生产基地；逐步减少直至取消摩托车进口，市场销售的摩托车全都由该生产基地提供；任何摩托车企要在尼市场占据一席之地，都必须由××部监管，并在基地内设立自己的生产线。这真是个雄心勃勃的“大手笔”！给所有利害关系人的心头，蒙上了一层阴影。

面对新变化，我们分析：首先，这个大手笔是以发展民族工业之名，行贸易保护主义之实，违背了自由公正等国际贸易基本原则；其次，看似手笔很大，但实际上是“画饼充饥”，说说容易做起来难。当时，尼日利亚每年收入的200多亿石油美元，95%用来进口工业制成品和国民生活必需品。国内工业基础极其薄弱，生产摩托车的钢材、橡胶、塑料等配套产业基本没有，而核心部件——汽油发动机，即便用上好多年，他们也造不出来。拟议中的生产基地如果强制推行，最终弄出来的，也只会是一个巨型摩托车散件组装车间，与尼日利亚制造力的提升挨不上边。

作为尼日利亚中国贸易促进中心的负责人，我觉得自己有责任有义务尽快摸清尼××部的真实意图，以指导中国车企趋利避害。在中国大使馆的支持下，我通过尼政府相关友好人士的关系结识了尼××部部长。在会面交谈中，我向部长提出了自己的两方面想法：一是，如果××部确定推进摩托车生产基地建设，中国商务中心可以运用自身的影响力，引导中国车企在资金、技术和管理人才等方面进行合作；二是，如果维持现有市场格局，而××部有意扩大并参与中国摩托车在尼销售，我们商务中心也有能力相助。部长对我的提议表示了极大的兴趣。

为表示诚意，我们从南京金城和重庆宗申两家摩托车企驻尼分公司分别购买了男女式摩托车各一辆，准备送给××部长。他们得知我的购车目的后，一致提出要免费赠予。我说帮助中国企业推介产品、拓展销路是我们商务中心的工作职责。在我的坚持下，两家分公司最后以国内出厂价供货。

调试好的摩托车送到我们中心第二天，部长的私人秘书得到通知，带着一名宪兵保镖及一辆小卡车前来取货。他向我转达了部长的谢意，表示部长将很快提出他的有关合作方案。装车时，那位体型魁梧的保镖，见我们几人抬摩托车七手八脚挺费力，便分开众人，凭一己之力依次把两辆摩托车轻松递送上车。

没过几天，部长私人秘书独自前来见我，口头转告部长的合作意见，其核心要点包括：在尼合作销售中国摩托车具体事宜，由部长私人秘书全权办理；尼 ×× 部负责打通所有进口及销售关节，确保畅通无阻；按尼海关统计的进口中国摩托车数量，由私人秘书每台车收取 3 至 5 美元合作费，具体数字视进口情况再定！

这可是一笔数额巨大的贸易抽头！我回复部长私人秘书，此事涉及众多中国摩托车公司，我将尽快组织洽商，一有结果即行告知。

事后，我将这次商务活动的全过程及自己的分析，向时任中国大使馆商务处孟参赞做了报告。我认为，尼 ×× 部放风创办摩托车生产基地，极有可能是一个幌子，其主要目的是企图在摩托车销售市场分一杯羹，尤其是向大举进入的中国车企抽利。孟参赞指出，这件事敏感度高，涉及面广，拖一段时间再回绝他们。他特别叮嘱我严格保密，切勿外传，防止惹上大麻烦。

一个月后，我给部长私人秘书打电话说，中国各摩托车厂家意见不统一，还需要时间进一步协调。话的意思其实很明显——这事没戏了。又过了数月，尼政府相关友好人士告知，×× 部长大人调职了。自然，他的“大手笔”计划也胎死腹中，消散于无形。

长住我们中心的重庆摩托车贸易商闵先生，目睹了此事的前后经过，也看出了其中些许端倪。有一天，他当着我的面对宗申摩托公司驻尼分公司经理说：我们在尼做摩托车生意的公司，都要感谢商务中心的支持。该经理心领神会，起立向我行举手礼致敬。

合作赢得市场

那段时间，我们商务中心几乎成了重庆“摩帮”的天下，流行的语言是重庆话，吃的是重庆底料的火锅，闲暇时玩的是重庆规则的麻将。我自然不失时机地利用地主的身份，向各车企派驻人员宣传合力攻坚的理念：开拓尼日利亚摩托车市场，没有哪一家公司可以包打天下；内斗肯定同败，合作方能共赢。

在中国驻尼大使馆及商务处的严格约束和引导下，扎堆入尼打拼的中国摩托车公司，互相支持，共同对外。一家公司在拉各斯举行自有品牌摩托车展示表演，其它厂家代表都集体前往捧场助威。既是竞争对手，又做合作伙伴，不但成功规避了在越南和印尼市场自相残杀、惨淡退出的那种结局，而且取得了令世人瞩目的营销业绩。像南京金城摩托车公司，他们就在尼日利亚市场创下了世界摩托车销售史上的两个记录：即单一品牌摩托车年销量两亿美元，单一国家市场年销售摩托车两亿美元，并且持续3年。

2003年末的一天下午，我去拉各斯最大的超市“梅嘎”购物中心，看到门前摆放着一辆崭新的某国摩托车，车头挂着的废纸箱片上写道“a fire sale（贱卖）”！

中国摩托车公司赢了！尽管付出了沉重代价，但最终垄断了尼日利亚这个非洲大陆最大的摩托车市场，并开始把“战线”延伸到非洲其他国家。

中国摩托车公司赢了，靠什么？是过硬的产品质量，优越的品牌性能，还是合理的市场定价以及完善的售后服务？这些，固然是成功的基础。但众家车企拧成一股绳、聚拢一股劲攻城略地，就为走向成功提供了最大的推力。

中国摩托车公司赢了。生性喜好说笑的重庆人把我们捧为“盟主”，说什么唯商务中心“马首是瞻”。可我们只是穿针引线人，充其量不过是中国大使馆及商务处旗下的“督战队”，谁若坏了出征规矩，我们就及时示警，确保开拓有序。

这场摩托车市场攻坚战，虽说我们商务中心只赚了面子，没挣到“银子”，但收获仍然不小。我们开始明白，想要做大贸易，必须坚持做经销市场需求大、技术含量高的主打商品，“零打碎敲”没戏，“东一榔头西一棒槌”更不行；必须坚持与有合作意愿、有品牌商标、有优质产品、有融资能力的企业结盟，齐心协力共同开拓市场。

三、经营发电机大捷

在尼日利亚工作生活，朋友和客户对我的昵称是“GGG”，它来自Gang George Generator这三个词的首字母，其中第一个是我的姓氏——岗的汉语拼音，第二个是我在尼的英文名乔治，第三个是发电机的英文单词。把一个商品名称加入我的个人绰号，这是对我们商务中心在尼成功开拓汽油发电机市场所给予的认可与褒奖。

选择主攻方向

我们中心1999年在开设玛瑞娜市场营销办事处时，为解决用电困难，曾购买了一台HONDA（本田）2500型汽油发电机，打开包装发现，这原来是福建本田公司的产品。见物思乡的同时，我也不得不佩服日本人的精明，把中国造的日本货行销国际市场。

不住拉各斯，不知用电难。这是我们入尼后常说的一句话。在国内，碰上停电几个小时，大家就叫苦不迭。可在2000年前后，中国驻尼大使馆平均每天市电供应仅有7个小时，平民百姓更加糟糕，停电半个月、一个月是家常便饭。上千万人口的大都市尚且如此，其他城市情况可想而知。

看到汽、柴油发电机在尼有着巨大的市场需求，我便委托在福建省建发集团公司进口部工作的战友向总经理，帮助联系福建本田公司，看看能否承销他们的产品。得到的答复是，本田公司有自己的销售网络，不需他人代劳，让我碰了一鼻子灰。

东方不亮西方亮。2001年8月，福州市佳新电子公司李董事长（女），经福建省外经贸厅介绍，打电话找我，表达了共同开发尼日利亚汽油发电机市场的意愿。9月11日，我在回国述职期间，到佳新公司实地考察，并达成了承销其产品的合作意向。他们提出的报价是，豪迈牌 600 瓦小型汽油发电机 115 美元一台。

返尼后，我比照这个价格做了调研。当时尼日利亚市场没有中国品牌发电机，同款的日本本田产品仅售 95 美元一台，较贵的铃木品牌，一台也不过 100 美元。

我把调研情况转告了李董事长。她解释道，他们的产品使用的是雅马哈技术，其核心部件由日本原装进口组装，质量优于本田等其它日本品牌，价格也因此贵一些。我告诉她，在尼日利亚是价格决定销量，商品价格没有竞争力肯定打不开市场。形象点比喻，谁都知道奔驰轿车好，可大多数人只能选择夏利轿车。

几经讨价还价，佳新公司做出重大让步：按试销价卖给我们 600 瓦汽油发电机每台 85 美元，搭售的 2500 瓦和 4500 瓦汽油发电机维持原先报价不变；同时，价值 5 万多美元的一个货柜产品，准予我们赊账销售六个月。事后我了解到，李董事长当时是力排众议亲自拍板，不计代价开发尼日利亚市场。这也是佳新公司创业初期的一场博弈。

由于中国产汽油发电机逐步进入尼日利亚市场，引起市场价格大幅波动，各品牌机纷纷降价，其中 600 瓦机子一路跌到 65 美元一台。我凭借豪迈牌发电机优良的质量，咬牙死扛不降价！

转眼半年赊账期满，货物只卖了一半。为兑现还款承诺，我们借用中心全体员工的工资，加上几次承办展会的服务费收入，凑齐了第一柜的货款，汇还佳新公司。

第一柜发电机我们整整卖了一年，其中的辛酸一言难尽。我们挣到的毛利 2,030 美元，加上佳新公司所付推销费 200 美元，共计 2,230 美元。若扣除人工、物资损耗等费用，这又是一单赔本的买卖！

为此，我们商务中心内部产生了严重争议：该不该继续做下去？怎么做下去？贸易周转金从哪里来？经过充分讨论，大家就上述问题基本形成共识。首先，中国摩托车企在尼的成功开拓表明，有较高技术含量的中国机电商品的热销旺季已经到来，而尼日利亚缺电的现实和家用发电设备需求旺盛的状况，短时间内都难以改变，因此必须把营销发电机作为主攻方向，坚持做下去；其次，摩托车营销大战我们没有实质性介入，是因为背后没有实力企业和品牌产品支撑；如今有了可靠的合作伙伴，加上中心人脉广、市场熟、信息灵的优势，就有可能在发电机销售市场也打个“歼灭战”；最后，在自有贸易周转金暂时无法筹措到位的情况下，主要还得依靠我们自身的信誉实行赊账销售，这也是选择合作伙伴的条件之一；再就是我们中心员工的工资，以往都是在春节前一次性向其国内家属发放上一年全年工资，这笔钱闲置期间完全可以用于贸易营销。

当然，既要做生意，必得担风险。为有效管控风险，我们必须提前三个月做好当地发电机市场价格预判，因为货物从国内起运到入尼清关结束需耗时两个月。如果此时段内市场价格下滑就会造成实际损失。此外，我根据自己多年从事国际贸易的实践经验和精于事前策划的从军养成，利用现代计算机技术，开发出一种商品价格及利润测算公式：在设计好的 EXCEL 表中，只要输入计划经销商品的出厂价、运费、保险费等数据，便可自动生成货物运抵我们在尼库房时的成本价格；再输入预判的市场售价，就能即时算出销售后可得的毛利润。如此一来，我们对一单生意是否有利可图，就能做到事前心中有数。

可计划毕竟不如变化快，如果仍然出现亏损怎么办？我向全体员工宣布，公司今后再有亏损，我岗永斌就是第一赔款人。作为总经理，自然要为公司的盈亏担总责；把自己押上去，兴许就能“置之死地而后生”。

确定合作伙伴

2003 年 8 月，原尼日利亚商务部双边司副司长、我的老朋友阿比克伊打电话告知，尼商务部驻中国上海代表处业已成立，他出任首席代表；要我帮助联系有关省市，并陪同他在中国国内开展贸易促进工作。

我最熟悉的地方自然是福建省，而我们也正好需要寻找更多的合作伙伴，于是就向我国商务部西亚非洲司负责官员做了汇报。得到批准后，我马上向福建省外经贸厅张副厅长报告。张副厅长建议在福州、宁德和泉州三市，举办尼日利亚招商推介活动，并指派外经处陈副处长联系各市外经贸局，协调全部行程。

10 月 8 日，尼驻上海商务代表处在福州市召开尼日利亚招商推介会，当地企业界数十人到会。会上，阿比克伊首席代表通报了尼国家主要招商项目和投资优惠政策。我着重谈了中国车企在尼开发摩托车市场的成功经验。而我们中心的合作伙伴、佳新公司李董事长，则介绍了“豪迈”牌发电机开始打入尼市场的情况。其间我插话道，那几单生意我们中心是“赔本赚吆喝”。我就是想告诉与会者，尽管没挣到钱，但我们仍愿意为中国企业入尼开拓市场提供支持。

会后，我中心与佳新公司就开展长期合作达成协议，他们同意以现货形式，为我们提供每年30万美元的贸易周转金，在年底国家外汇结算前收回，来年再次发货周转。

10月9日，在福建省宁德市召开的尼日利亚招商会上，我结识了当时还是小企业主的黄先生，他经营的福安市白云发电机厂，年出口额只有100万美元。那时，他个人刚刚从广州市轻工公司购买了虎头牌家用发电机子商标。在会后洽谈中，黄先生希望我们在尼承销他们的产品“TIGER”（虎头牌）发电机。

我告诉他，“TIGER”商标的发电机在尼市场早已存在，有苏州的“TIGER”，浙江的“绿TIGER”（包装箱和发电机是绿色的），还有广东的“TIGER”。据说印度公司也准备制造“TIGER”牌汽油发电机。因此，你们面对的第一个挑战就是品牌之争。我表示，如果双方达成合作协议，我将全力帮助你们解决品牌问题。

黄先生是一个有远见的商人，爽快地答应了与佳新公司相同的合作条件。

▲ 准备出运的 TIGER 汽油发电机

现在，我们中心有了两家合作企业，手里拿住了“豪迈”和“TIGER”发电机这两张牌。两个公司形成竞争关系，有利于我们控制商品出厂价；而他们的产品各有侧重面，佳新公司产品走高端路线，泰格公司产品专攻低端市场，在未来的市场开发中能够有效避免“内战”，这对合作企业的长远发展是至关重要的。

打造优质商品

任何一种商品，质量好，口碑好，销路自然就好，这是不言而喻的事实。因此，我们从开始时的盲目被动经销，转而主动督促并协助合作企业，按当地实际情况改进产品性能，以争取用户。

最初，中国各汽油发电机生产企业在尼销售的产品，基本是本田或雅马哈机型的模仿制造。日本人的产品，原先是按寒带地区或外出旅游时短期使用设计的；而尼日利亚地处热带，气温常年保持在 30 摄氏度以上，并且严重缺电，发电机日均使用时间在 7 小时左右，这就使原始设计的缺陷很快暴露出来：这种两冲

▲ 货物运抵商务中心准备卸柜

程发电机在高温条件下长时间使用，极易发生积碳堵塞排气管，引起发动机过热而烧毁，或使其部件加速老化而报废。

根据尼销售商的反映，我们向合作伙伴提出，在发电机排气管下设计安装一个可拆卸的积碳清扫口，同时对容易受热老化的零部件进行改造。厂家完全采纳了我们的建议，另外还更新了操作界面的设计，进一步降低机器操作难度，便于缺乏机电基础知识的人群使用。升级版的汽油发电机很快在尼市场受到热捧，我们的销售业绩也持续好转，开始扭亏为盈。

然而风险也在集聚。随着中国企业大举入尼争夺发电机销售市场，一场价格大战已经悄然打响。这就倒逼中国制造厂家下功夫降低生产成本，一个颠覆性的创新举措应运而生。

有一天，我们的销售商乌曲（音译）拿着一台600瓦汽油发电机，来到我的办公室。他说，现在市场上有不少发电机的漆包线是铝芯的，这是坑害用户的不道德行为！说着，他拆开那台发电机，拔出漆包线用刀划开，指着里面露出的银白色金属对我说：

“看，这就是铝芯。我不希望你们卖给我的发电机是铝芯的漆包线。”

漆包线是铝芯的！这我还是第一次听说。我上学时老师就教过，漆包线要用铜芯，因为铜的导电和耐热性好。

随后，乌曲拿起一台我们销售的600瓦豪迈汽油发电机，掂了掂重量说，用铜芯漆包线的机子比用铝芯的重，这是一种简单的检验办法。这个当然，铜比铝重，更重要的是铜的价格远高于铝。我这才明白，为什么这段时间某些中国品牌汽油发电机，在尼可以卖出低于别的品牌发电机成本的价格，原来是使用便宜的铝芯制造的。

乌曲走后，我分别给福州市佳新公司李董事长和宁德市泰格动力公司黄董事长打了电话，告之这个新情况。他们表示在国内对此也有所耳闻，并保证供我承销的发电机不会使用铝芯漆包线。

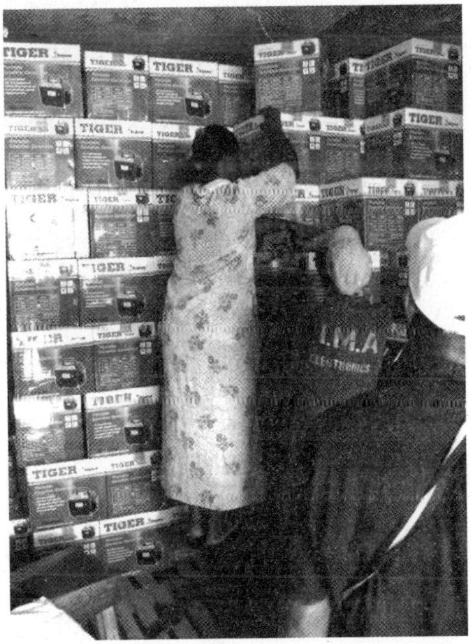

▲ 尼日利亚经销商仓库正在出货

此后的回国述职期间，我专程到访了两家合作公司。在佳新公司，李董事长和公司总工程师把我带进一个测试间，那里有两台600瓦汽油发电机正在进行开机加载试验；两位日籍技术员在拆检另两台发电机。见我们进来，其中一人起身用日语向李董事长报告测试情况。由于房内噪音太大，总工程师把我叫出门外，说这四台发电机是使用铝芯漆包线制作的试验机，现已做了五天测试，每台一天加载发电两次，每次 8 个小时，到目前没有出现故障，按计划还要再测试 10 天。他表示，测试发现铝芯漆包线散热比铜芯的好，更适应在炎热气候下使用，但使用寿命肯定要短；关键是，用铝芯漆包线制造的发电机不能长时间过载，若加载超出 600 瓦的负荷，铝制线芯就会熔断。因此，只要控制好负载，铝芯机比铜芯的更经济实惠，用户应该能够接受。

李董事长出来后告诉我：如果经过 15 天测试，铝芯机能基本达到铜芯机的水平，我们将把它列入产品报价目录，估计比铜芯机每台要便宜 5 美元，约降价 9%左右；至于销售哪种漆包线生产的发电机，由你们根据市场情况做出选择。

返回尼日利亚不久，佳新公司给我发来了铝芯机测试结果报告和新的报价单。我马上向当地所有经销商做了通报，请大家考虑经销。两个多月后，原先对铝芯机持反对意见的经销商乌曲，又来到我的办公室，很认真地说，他的一些用户已对铝芯漆包线发电机产生兴趣，许多人登门询价问购。拿到我们公司的报价单后，他当即订购了一个货柜的豪迈牌铝芯漆包线发电机试销。

但泰格动力公司坚持使用铜芯漆包线生产发电机，并小幅度下调了给我的产品报价。这样也好，佳新公司走高端路线但有铝芯机，要凭质量取胜；泰格动力公司走低端路线但坚持生产铜芯机，想以量领先。我们作为这两款品牌发电机的总代理，就让当地客户多了一项选择。

2004 年 11 月 15 日到 20 日，我们商务中心协助中国贸促会，在拉各斯市 EKO 酒店举办了“2004 中国出口商品展销会”。办展期间的一天，当我巡视到我们的销售发电机展位时，见一名身着酒店员工制服的男子，向同来观展的亲戚朋友介绍豪迈牌发电机，说他使用这款机型快三年了，称赞其质量高于其它品牌机。经他这么一说，那群人不再犹豫，立即付款买走 5 台豪迈机。

历时五天的展会，我们售罄了事先备下的 1,286 台汽油发电机。由于收取的是当地货币奈拉，每天晚上我都和财务人员把成袋成袋的奈拉运回商务中心的食堂，召集包括炊事员在内的全体中国员工点钞。那场景，真是“数钱数到手抽筋”呀！

市场是需要精心培育的，一分耕耘自有一分收获。

致力商标维权

在关注经销商品质量的同时，我们对豪迈和“TIGER”发电机商标的维权工作也在紧锣密鼓地进行。

在尼日利亚，我们牢牢把住展会关，防止侵权冒牌商品进入。无论是协助中国贸促会，还是中国各省市的外经贸厅在尼举办商品展销会，我们都利用两家合作公司授权的市场总代理这一合法身份，严格审核展品目录，禁止除福州市佳新公司和宁德市泰格

▲ 假货（一）

公司之外的其它发电机厂商，使用豪迈和“TIGER”商标登录。办展中，一旦发现有混入的侵权商标展品，立即通报并协助主办单位将其撤出。

在中国国内，我们协助两家合作公司向中国海关请求商标保护，查处出口发电机中违法冒用商标的行为。每年的春、秋两季，中国进出口商品交易会（简称“广交会”），更是我们维权打假的重要阵地。

2004年10月，我在参加秋季广交会时，发现有一家上海贸易公司展销豪迈牌汽油发电机。我向对方表明了身份，要求查看他们的商标证书。他表示，证书在公司。我让他准备好商标证书复印件，明天上午再来查看。我很清楚，他们公司根本没有这个商标证书，否则就是国家工商总局所属的商标局出了问题。

第二天上午，我向商务部派驻广交会负责商标工作的同志作了汇报，他马上与国家商标局联系核实，在确认我国只有一个豪迈牌家用汽油发电机商标后，带我去了展会所设的“商标事务办公室”，会同相关工作人员前往查处。到达时，那个展位依旧摆放着侵权商品和广告图片。商标事务办公室官员上前亮明身份，要求其出示展品商标证书。那位商人见我站在一旁，明白发生了什么，当场承认其侵权行为，并立即撤展。随后，商标事务工作人员陪我去了其所属的交易团团部，向值班领导通报了情况，要求不再发生此类商标侵权行为，否则将展开司法维权。

在忙着帮助合作公司扫清商标障碍时，一个重大事件突如其来，为我们代理的品牌平添了声誉。

2004 年 12 月 26 日北京时间上午 9 时，印度尼西亚苏门答腊岛以北印度洋海域发生里氏 8.5 级强烈地震，并引发海啸。东南亚和南亚数个国家受到波及，造成重大人员伤亡。我国政府随即展开了大规模援助行动。

12 月 28 日尼日利亚时间凌晨 2 时许，我在睡梦中接到商务部援外司王司长的电话。他告诉我：“我国政府对东南亚大海啸受灾地区的援助已经开始，其中一项重要援助物资是汽油发电机。经查，我国出口尼日利亚发电机数量最多，司里联系中国驻尼大使馆商务参赞，得知是你们商务中心在尼所为。”王司长让我介绍一款销量最大的中国品牌机，并

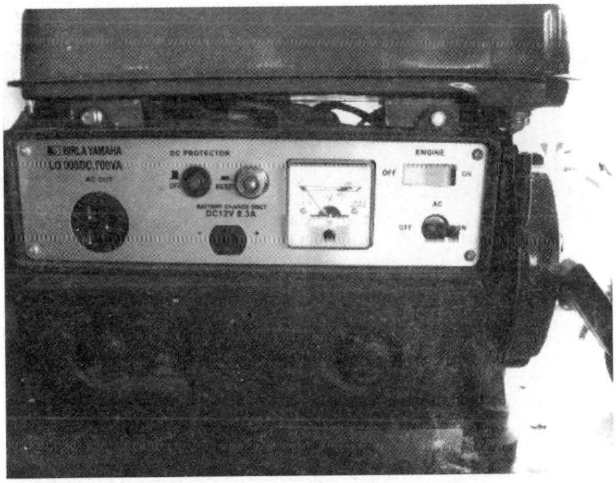

▲ 假货（二）

告知生产厂家的联系方法。

王司长原先曾任西亚非洲司司长，我多次向他汇报过工作，沟通起来十分方便。我不假思索地报告说："福建省泰格动力公司生产的'TIGER'牌汽油发电机销路最好，已占据当地发电机市场40%以上份额。"王司长问："这个商标是泰格公司的全自有品牌吗？"我简要向王司长报告了泰格动力公司注册商标的经过及维权情况。王司长听后果断地说："就它了！十万火急！你现在就去找联系电话，半小时后给我发传真。"

我马上穿好衣服，打着手电筒下楼，叫醒电工启动自备柴油发电机；随后去办公室找到黄董事长的名片，放大复印后发往王司长办公室。在传真机旁守候的王司长接到我的电话，表示传真件很清楚，并向我致谢。

接着，我拨通了黄董事长的电话告知情况，强调这是一项严肃的政治任务，也是扩大"TIGER"发电机品牌在世界上影响力的大好机会，务必要确保救灾发电机的质量！

▲ 受假货冲击而发愁的正品经销商

黄董事长让我放心，说他们公司一定保质保量完成国家交给的任务！

两天后的12月30日，我在CCTV-4节目中看到中国政府运送援助海啸灾区物资的新闻视频报道中，有大量的“TIGER”汽油发电机，通过传送带装入救灾专机的画面。

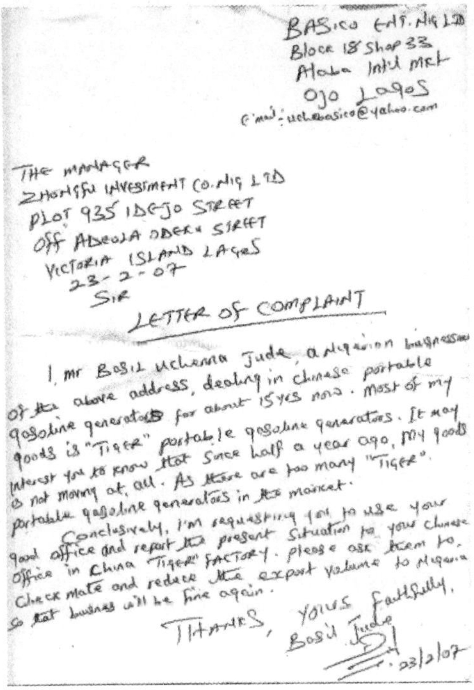

BASICO ENT. NIG LTD
Block 18 Shop 33
Alaba Intl Mkt
Ojo Lagos
E-mail: uchebasico@yahoo.com

THE MANAGER
ZHONGFU INVESTMENT CO. NIG LTD
PLOT 935 IDEJO STREET
OFF ADEOLA ODEKU STREET
VICTORIA ISLAND LAGOS
23-2-07
SIR

LETTER OF COMPLAINT

I, mr Basil Uchenna Jude, a Nigerian businessman of the above address, dealing in chinese portable gasoline generators for about 15 yrs now. Most of my goods is "TIGER" portable gasoline generators. It may interest you to know that since half a year ago, my goods is not moving at all. As there are too many "TIGER" portable gasoline generators in the market.

Conclusively, I'm requesting for you to use your good office and report the present situation to your Chinese office in China "TIGER" FACTORY. Please ask them to checkmate and reduce the export volume to Nigeria so that business will be fine again.

THANKS, Yours faithfully,
Basil Jude
23/2/07

▲ 假劣发电机投诉信（一）

就在我们国内打假初见成效的时候，个别商人在利益的驱使下，利用尼日利亚商品检验不严的空子，采取边境走私方式，廉价向尼日利亚市场倾销假货，直接冲击了正品发电机的销售。

当时市面所售的假货主要有“BIRLA YAMAHA”和“TIGER ™”这两款商标。它们有着精准的指向性，很明显是冲着我们在尼总代理的品牌而来。前一款中，“BIRLA”是印度人名：比拉，“YAMAHA”是日本品牌，意即比拉生产的雅马哈；而我们承销的“豪迈”牌汽油发电机，正是由日本“YAMAHA”株式会社授权福州佳新公司所生产。而后一款的后缀小字“TM”是Third Millennium的缩写，意为批准了该工程的初步设计；它针对“TIGER”商标曾发生过的争议打擦边球，并且使用了与我们所经销的泰格公司产品几乎

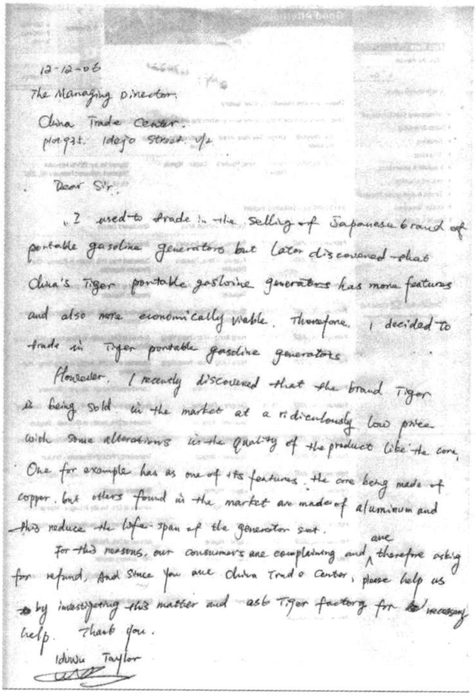

12-12-06

The Managing Director,

China Trade Center.

plot 931. Ideju Street. v/i

Dear Sir,

I used to trade in the selling of Japanese brand of portable gasoline generators but later discovered that China's Tiger portable gasoline generators has more features and also more economically viable. Therefore, I decided to trade in Tiger portable gasoline generators.

However, I recently discovered that the brand Tiger is being sold in the market at a ridiculously low price with some alterations in the quality of the product like the core, One for example has as one of its features, the core being made of copper, but others found in the market are made of aluminum and this reduce the life-span of the generator set.

For this reasons, our consumers are complaining and are therefore asking for refund, And since you are China Trade Center, please help us by investigating this matter and ask Tiger factory for necessary help. Thank you.

Idowu Taylor

▲ 假劣发电机投诉信（二）

一样的外包装箱，只少了一个老虎形象的写意标志。

这些假货，大量使用了过去生产出口发电机时有质量瑕疵而淘汰不用的零部件。许多客户反映，假冒商品还没等卸货，包装箱就已严重破损，里面的主要零部件如油箱等也已移位。经销商稍微修理后，只要能当面启动，就哄骗用户购买，并且以售价低为由，拒绝提供售后修理服务。

劣质廉价汽油发电机大量进入尼日利亚市场，给消费者造成极大的损失，引起尼国家质量标准局的关注，两次派出官员到我中心了解情况。我告诉他们，我们也是这些假货的受害者。这些假货劣货都从边境走私而来，你们在坚持商品质量日常检验的同时，必须与有关部门协调行动，严格堵截查私，切断供应渠道，才有可能减少假货危害。

我们的销售商也顶不住了。2006 年底，NUSO 和 ALHAJI 两位经销商先后拿着假货照片和实物，前来向我们诉苦。我请他们写了投诉信并答应他们，我们会尽快向中尼两国政府有关部门反映情况，要求严肃查处造假售假。同时，我鼓励他们扛住压力，从来邪不压正，一方面制造者不可能长期拿到有质量问题的零部件，现有库存用光就会停产，若有厂家专门生产劣质零件，他们也将面临灾难性风险；另一方面，销售商也不可能长期销售有质量问题的商品，因为他们无法应对大量要求返修的用户。我要求旗下的经销商，拒绝维修假劣发电机，让用户找售假售劣者维修。

不出半年，这些假劣发电机果然在尼市场销声匿迹。

2005 年春节后我回国述职，从北京飞抵福州已过了深夜 11 点。出机场时，遇到一位曾入住过我们商务中心的女商人。她眼含泪水告诉我，她有四个货柜的冒牌“TIGER”发电机被福州海关查扣，处理不好公司可能会破产，希望我能帮她解决。

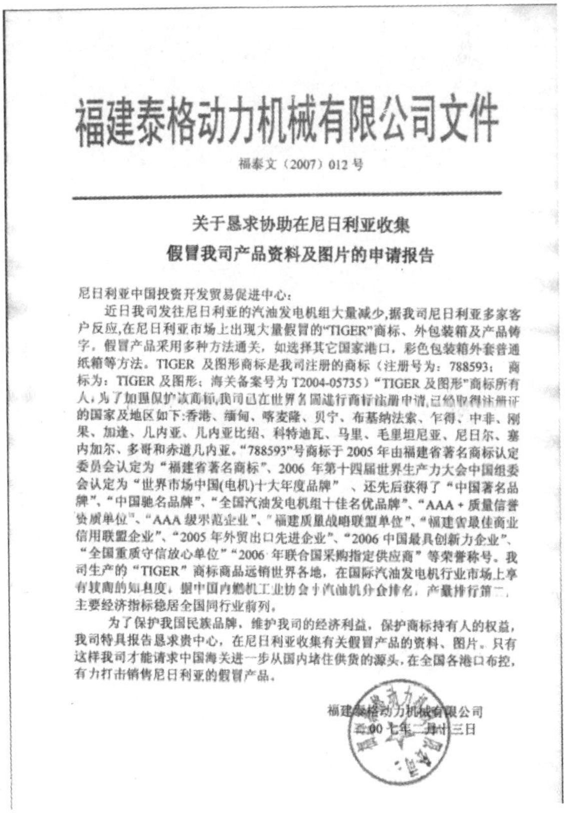

福建泰格动力机械有限公司文件

福泰文（2007）012 号

关于恳求协助在尼日利亚收集
假冒我司产品资料及图片的申请报告

尼日利亚中国投资开发贸易促进中心：

近日我司发往尼日利亚的汽油发电机组大量减少，据我司尼日利亚多家客户反应，在尼日利亚市场上出现大量假冒的“TIGER”商标、外包装箱及产品铸字，假冒产品采用多种方法通关，如选择其它国家港口，彩色包装箱外套普通纸箱等方法。TIGER 及图形商标是我司注册的商标（注册号为：788593；商标为：TIGER 及图形；海关备案号为 T2004-05735）“TIGER 及图形”商标所有人，为了加强保护该商标，我司已在世界各国进行商标注册申请，已经取得注册证的国家及地区如下：香港、缅甸、喀麦隆、贝宁、布基纳法索、乍得、中非、刚果、加蓬、几内亚、几内亚比绍、科特迪瓦、马里、毛里坦尼亚、尼日尔、塞内加尔、多哥和赤道几内亚。“788593”号商标于 2005 年由福建省著名商标认定委员会认定为“福建省著名商标”、2006 年第十四届世界生产力大会中国组委会认定为“世界市场中国(电机)十大年度品牌”、还先后获得了“中国著名品牌”、“中国驰名品牌”、“全国汽油发电机组十佳名优品牌”、“AAA+质量信誉资质单位”、“AAA 级示范企业”、“福建质量战略联盟单位”、“福建省最佳商业信用联盟企业”、“2005 年外贸出口先进企业”、“2006 中国最具创新力企业”、“全国重质守信放心单位”“2006 年联合国采购指定供应商”等荣誉称号。我司生产的“TIGER”商标商品远销世界各地，在国际汽油发电机行业市场上享有较高的知名度。据中国内燃机工业协会小汽油机分会排名，产量排行第二，主要经济指标稳居全国同行业前列。

为了保护我国民族品牌，维护我司的经济利益，保护商标持有人的权益，我司特具报告恳求贵中心，在尼日利亚收集有关假冒产品的资料、图片。只有这样我司才能请求中国海关进一步从国内堵住供货的源头，在全国各港口布控，有力打击销售尼日利亚的假冒产品。

福建泰格动力机械有限公司
二00七年二月廿三日

▲ 泰格公司的投诉信

我表示，经销假冒商品风险很大，要

海关放行不可能，但可以帮忙想想办法。送走她后，我打听到福州海关处理此类案件的官员是我的老相识。他在睡梦中被我电话叫醒，向我介绍了此案的情况，并提出几种处理办法，尤其是既有利于商标持有公司，也能降低侵权公司损失的方案。

第二天上午，我联系黄董事长介绍了相关情况，建议泰格公司同意侵权公司有偿购买四个柜的“TIGER”商标发电机使用权，并向海关重新申报通关。黄董事长听后沉默了一会儿对我说，看在我们是合作伙伴的情面上，我同意你的方案。这是第一次，但也是最后一次。那位女商人绝处逢生，自然毫无异议。最终，这起商标侵权案在顾及侵权与被侵权双方利益的基础上得以解决。这也是当年我国厂商普遍商标意识淡漠的情况下，所发生的一起特殊个案。

守法终有收获

排除了代理销售商品的质量和商标障碍，等于扫清了前沿出发阵地，为最后的总攻铺平了道路。机会青睐有准备的人。我们终于迎来并牢牢抓住一个重大机遇，吹响了进攻的冲锋号！

2005 年初，尼日利亚某局成立了 S 质量认证中心，并授权第三方独立检测机构，开始对所有进出口商品实行 S 质量认证。与尼有贸易往来的各国对此反应不一，据说日本就持反对意见。

当年 7 月，我们收到一封这个局约谈的信件。我以为是普通的商务会谈，也没怎么在意，带上小沈前往赴约。进了会场，发现与会的只有我们一家企业。不一会，几位官员和一帮记者拥了进来，不大的房间顿时拥挤不堪。

为首的官员首先发问：你们中国销往尼日利亚市场的商品，都是以什么质量标准生产的？

面对记者的摄像镜头，我平静地回答：按尼日利亚商人的要求生产。商人要求按欧盟质量标准供货，我们就按欧盟质量标准生产；如果要求按美国标准生产，我们就按美国标准供货。

那位官员听后做了个手势，几名工作人员拿着各式小电器和电线等走了进来，整整摆了一大桌。官员指着那些损坏的物件说：这就是你们中国销到尼日利亚的产品！……

原来是有预谋的突然袭击！我立刻打起精神全力应对。

我上前拿起几件商品看了看，很认真地告诉大家：这不是中国工厂生产的商品！因为这些电器上没有标明“Made in China”（中国制造）。我又拿起烧坏的电线对着摄像镜头说：这些电线上也没有“Made in China”。请尼日利亚用户购买商品时注意，中国出口的商品都有“Made in China”的质量标志。这个标识要求中国的工厂必须按世界上最好的质量标准生产出口商品。

我又指指那堆损坏的商品说：这是一些不良商人从小工厂购买的商品。这样的东西，绝对通不过中国商检局的出口检验。因此我有理由相信，这些商品来自某些工业落后的国家。

这些官员还是“业务不熟”，竟然不知道中国出口商品上都有“Made in China”的标识，其所收集的证物恰恰忽略了这个重要凭据。

记者们听我说得有理，很快失去了采访兴趣，并在官员示意下退场。

接下来双方进入了实质性交谈。

为首官员说：“今年初，尼日利亚政府公告各国政府，将在6月份开始实行进出口商品S质量认证。现在我们已在中国指定一家国际商品检验公司，负责检验出口到尼的中国商品，并发放S质量证书。从明年即2006年1月1日起，所有未通过S质量认证的中国商品将被禁入尼日利亚。为什么你们中国政府没有回应我们的要求？”

我回答：“具体情况我们并不清楚，我们只是中尼两国的贸易促进机构。政府间的事情应该联系中国大使馆。”

官员又问：“怎么联系中国大使馆的相关官员？”

他们居然不知道中国大使馆在哪里！天晓得他们的信送到哪里去了。

我说：“回去后我会向中国大使馆报告今天发生的事，并转告你们的面谈要求。”

那位官员赶紧表示，对刚才所发生的不愉快深表遗憾！并指定礼宾司的一位女官员，由她负责今后同我们中心联系。

离开尼日利亚某局，我立即去中国大使馆商务处向胡参赞报告了约谈经过。胡参赞对我们的临机处置表示认可。事后，胡参赞让人带来一封信，要我代送尼日利亚某局。又过了几天，胡参赞通知我，商务处受我国商务部和商检总局的委托，当天下午将与尼国家标准局官员洽谈有关S质量认证事宜。他要我代表在尼中国商人参加会谈。

这次会谈很成功。中国政府充分尊重尼日利亚政府的决定，要求中国各进出口公司对尼出口的商品，都要进行S质量认证。

会后，我利用各种方式通知赴尼各家中国企业，及时做好出口质量认证工作。同时，邀请某局礼宾司那位女官员，来我们中心介绍S质量认证流程，并请她配合做好豪迈和TIGER发电机的认证。我告诉她，这是做S质量认证的第一家中国公司，有着重要的示范效应，务必通知你们在上海的认证机构大力支持。

经我们与两家合作伙伴的共同努力，2005年11月，豪迈和TIGER两个品牌的汽油发电机顺利通过了S质量认证，随后办理了尼日利亚某局的进口许可证。

大家可别小瞧了这个局，他们手中可是拥有相当大的权力。

2005年8月1日，有一家在尼日利亚的中国公司销售的发电机，被该局控告有质量问题。商务处胡参赞写了封给该局请求从轻处罚的信函。因当事的中国公司不敢去该局送信，因此，胡参赞就请我们尼日利亚中国商务中心派人去送信。

我派了较熟悉该局情况的小罗去送信。小罗到了指定的办公室，先前高高兴兴谈话的那位尼日利亚官员，看了胡参赞写的信后突然脸色一变，叫来卫兵把小罗扣押起来。

我到中午吃饭时还没有见小罗回来，就派小吴带一辆车去找。小吴到该局了解到小罗已被扣押。我马上赶到商务处找胡参赞问他写的是什么信。胡参赞看了他写的信的底稿，其中有一段话写到“请给予适当的惩戒后，就不必再追究了”等字眼。可能就是这段话引起那位尼日利亚官员的误解，他以为小罗是那个中国公司的人，因此就把小罗扣押起来“惩戒”了。

我们一行马上去该局，胡参赞亲自给那位误会词意的尼日利亚官员解释，小罗不是那家中国公司的人。同时，信中所讲的“惩戒”一词也不是让他扣押中国人，而只是让他口头批评教育即可。

我们这位代人受过的小罗，被莫名其妙地扣押了 4 个多小时后，在那位理解错词意的官员的一路道歉下，送上了我们的汽车。当然那个“肇事”的中国公司就此躲过了一劫。

办证期间我考虑，此次尼日利亚 S 质量认证，涉及所有国家在尼的出口商品。如果有的国家对此进行抵制，有的犹豫未决或麻木不仁，有的干脆充耳未闻，那么到了来年——2006 年 1 月 1 日，岂不是要被拒之门外？！这对我国商品大举入尼是个绝好机会。因此，有必要释放点烟雾弹来迷惑其他国家的竞争对手，模糊他们的视线，为我国企业争取先机。在那段时间里，凡有我旗下的当地经销商问起中国对 S 质量认证的态度，我都会含糊其辞，说中国政府应该不会同意，尼政府的这个单方面举措，好像有违自由贸易的原则；同时，请他们把我的分析，转告经营其他国家品牌发电机的经销商。只要他们继续观望而不采取行动，我的目的就达到了。其实，各国政府对进口商品质量，都有权提出合理的检验标准，并进行合法的质量检验，这是国际贸易的常识。

可悲的是，那时不但许多其他国家在尼日利亚的商人忘了这个常识，我国的不少厂商对我们的屡次提醒也漠然视之，丢失市场就在所难免了！

在S质量认证生效前的最后两个月，我多次请那位女官员到我中心，介绍中国商品S质量认证工作的进展，了解别的国家特别是日本的商品认证情况。

2005年西方圣诞节前的12月23日，我得知中国生产的汽油发电机中，只有豪迈和“TIGER”牌发电机做齐了S质量认证全套手续，其他国家的品牌汽油发电机没有一家取得S质量认证。这就是说，圣诞假期过后，当尼日利亚政府从新的一年开始实行新的商品检验法律时，全世界只有中国的豪迈和“TIGER”牌汽油发电机能在尼日利亚进行合法销售。

胜利在向我们招手！2006年上半年的尼日利亚汽油发电机市场形势，完全按我们预想的趋势发展。货源上，其它品牌发电机断了进货渠道，卖一台少一台，我们则可以无限量提供；价格上，竞争对手也陷于窘境，高价卖不动，降价心不甘。市场迅速成为我们代理品牌的天下。这段时间，我脑海中时常闪过毛主席的著名诗句：“横扫千军如卷席”（渔家傲·反第二次大围剿），“收拾金瓯一片，分田分地真忙”（清平乐·蒋桂战争）。

现在，我们的所有竞争对手面前只有两条路：要么赶紧补办

S质量认证手续，这要耗时四个月以上；要么通过贝宁国科托努港卸货，走私进入尼南部的奥贡州后再转运拉各斯州，或通过尼北部边境走私进入卡诺州市场。这存在巨大风险，一旦失手被缉私法警查获，必将血本无归。可铤而走险者依然大有人在，3月份有人告诉我，在科托努港看到那里堆积了几十个货柜的汽油发电机。

现在是卖方市场。我们旗下的经销商们都派人盯在港口，每当我们的货柜到港，他们就提前半个月打款进账。清关一结束，马上让我们通知清关公司直接拉货到自己的仓库。大家一改以往的矜持，时常邀请我们去参加宴请。平常对我说得最多的话是："I have the money. Would you please give me the goods"（我有钱，请给我货）。那些不在我们销售商之列的商人，则直接打着现金到我们中心买货。我们每每热情接待，并耐心指点他们去我们的经销商处购买。

收入多了，商务中心的楼房修缮、内部设施改造和服务用具用品更新等各项工程，一一如愿展开。回想2002年国内集团公司停止提供资金时，我们中心7名中国员工，除了拥有一座刚买尚未装修的宅院，两部汽车，每人一本护照和一张回国机票外，其余资产就只剩下我兜里的500美元，真正是背井离乡，借贷无门。而现在——今非昔比了！

即便是在我们的汽油发电机如此畅销的卖方市场环境下，我们依然坚持"先款后货"的销售原则。

我们有个汽油发电机经销商叫乌曲(音译),身高1.8米以上,是个大块头。乌曲的自尊心很强,每每都要求我们要认真对待他的业务咨询。他自称他与其他的尼日利亚商人不一样,从不做失信的事。

我们在尼日利亚的贸易中始终坚持要求客户必须“先款后货”,即他们先付款到我们的账上,我们确认收到款后再由他们来提货。有一次乌曲资金周转不过来,但他仍要求我们放货给他。因此未通知我们就带了辆大货车到我们的仓库,尔后到我们的办公室要求我们放货给他。我让财务经理小沈和业务员小罗在外屋的会客室接待乌曲,并特别叮嘱他们“先款后货”是我们的销售原则。我则在内屋办公室处理国内客户的邮件。

不一会儿,我听到会客室传来哭声。小罗进来告诉我,乌曲说我们不相信他,因此哭了。

我拿了杯水到外屋会客室递给乌曲。乌曲看我来了,眼泪汪汪地向我哭诉道:

我是一个正经商人,我从不骗人。这次我确实是遇到资金周转的困难,是东部的一个客户欠了我的钱还没有还给我。我保证钱一到我就还钱给你们。主人,你就先让我欠款拉一个货柜的发电机回去卖吧……我也知道在尼日利亚有不少人是“419”,可我不是……主人你一定要相信我……

我对他说,我看你也是个有诚信的商人,痛恨“419”。你是我们的老客户了,从不欠货款。这次我就破个例放半个货柜给你。

这些货就价值一百多万奈拉了，你要在2周内把钱还给我。余下的另一半货柜的货物我只给你留1周的时间。你知道现在这货物很好卖，但过了这个季节就可能要跌价了。

乌曲听后擦干净泪水，对我讲一定在下周把欠我们的货款还上，但我们一定要把余下半货柜的货给他留住。我答应他了。

一周后财务经理小沈告诉我，从银行查到乌曲已支付了约定好的一个货柜的货款。

说话间只见乌曲得意洋洋地走进我们的会客室，对小罗讲："我的钱已从银行汇给你了，请你把我的货给我吧。"

但他这次要多拉半个柜的货，也就是说他这次要拉一个货柜的货走。前面那半个货柜的欠款以后再还，理由是他带来的这辆车可以装一个货柜的发电机，如果装半个柜回去路费不合算。

这可就是交易规矩的问题了。我们当然不会同意。

此后我们与乌曲一直按照"先款后货"的原则开展交易。我们合作一直很愉快。

2006至2007年，豪迈和"TIGER"牌汽油发电机拿下了尼日利亚70%以上的市场份额。福州佳新公司还成功收购了日本雅马哈公司旗下的汽油发动机生产工厂"日本创辉株式会社"，李董事长当上了这个中日合资企业的会长（董事长）。而福建泰格动力公司的"TIGER"牌汽油发电机，则成为行销全世界的著名汽油发电机品牌。他们公司2005年在尼销售额不过1,000多万美元，2008年飙升到8,400万美元，增长了8倍。

至此，日本品牌汽油发电机全部退出尼日利亚市场，已售的商品成为当地富有人家放在仓库里的古董。

商战功成身退

到2008年，尼日利亚汽油发电机销售市场进入“围歼残敌”阶段，但我们与合作伙伴也因意见分歧而后院起火。他们眼见形势大好，坚持要求加快销售进度，提出一次要运30个柜的发电机，一年在尼市场销售100个柜以上，也就是卖出他们的4万到5万台产品。下一年还要再翻番！

我向国内合作伙伴们谈了自己的分析：尼日利亚现有 1.3 亿人口，大约 80%买不起发电机。剩下的 2,600 万人按每 5 人一个家庭算，是520万户，除去使用柴油机和已备汽油机家庭，其余大约400万户是汽油发电机的潜在用户。从理论上讲，我们有年销售100个甚至是300个货柜发电机的可能空间，但汽油发电机已不是高科技商品。因此我们要考虑中国其他公司和其他家品牌在尼的销售，要考虑汽油发电机是可使用多年的耐用品这一因素，要考虑有些家庭即便有购买能力也未必付诸行动，还要考虑尼日利亚城乡电力建设的发展速度；更重要的还要防范国际金融风险，这可是个看不见、摸得着的家伙，当它悄无声息降临时，一夜之间，所有人的购买能力及消费意愿都会大幅缩水。把那么大数量的汽油发电机短时间内倾销入尼，势必造成各品牌竞相压价销售，势必进一步压缩所有厂商的利润空间，直至无利可图。

我告诉合作伙伴，“大树底下无寸草”的年代已经过去。现今的商战，市场垄断只是相对的。当你的产品市场占有率达到60%，你就实现了相对垄断；此后你每前进一步，都会遇到层层阻碍，因为市场不会垂青“吃独食者”。我们要向中国摩托车企业学习，有计划地耐心经营，在占领市场后开展适度销售，才能够获取最大利益。像南京金城摩托车公司，高峰时曾控制了尼日利亚80%的市场，但他们从不奢望一口独吞，而是与其它中国车企一道，在尼日利亚摩托车市场“精耕细作”，因而成功避开了盛极而衰的境地。

可我的合作伙伴已经不比从前了。刚出道时，也许我的每个意见或建议都是珍贵的“金玉良言”。而现在他们已经崛起，实力雄厚，家大业大，考虑问题的层面更加复杂，经营思路也非旁人能够左右。如果说，原先他们需要在外力的扶持下走出去，如今已经有了独自行走的内力和自信。

遗憾的是，当年许多中国商人的销售策略，还没有从“野蛮扩张”进化到“饥饿营销”。我曾经力推“适度扩张”作为过渡性策略，但显然不合生意伙伴的“胃口”。这，就给日后尼日利亚发电机市场主角更迭埋下了伏笔。

见我仍然按部就班照常经营，他们就派出自己的营销队伍，入尼拓展业务。我心里清楚，在合作伙伴眼中，我开拓市场的使命已经完结，扩大收益的部分可以无需代劳了。他们是品牌的制造者，也是贸易的出资方，是尼日利亚汽油发电机市场的实际占有人，有充分理由获取更大份额的蛋糕。

没什么好眷念的了。我逐步把自己控制的那部分市场交给了合作伙伴，这是他们应得的。而我们最有意义的所得，是中国制造已行销尼日利亚和非洲！

四、静数商路风雨声

我自 1999 年受命赴尼，到 2008 年先后开展了食品罐头、鞋类产品、摩托车、家用线缆和汽油发电机等大宗商品的批发业务。天地良心为证，我没有卖过任何假货劣货给非洲兄弟，而是把中国的优质商品介绍进了非洲，让那里的人们从物美价廉的消费中提高了生活质量。

我们的十年在尼贸易活动，最惨淡的是 2001 年开始的经销汽油发电机，一年时间仅销货一个柜，挣了毛利润 2,230 美元，还要付销售员奖金 500 美元。2002 年销售第 2 个货柜时，即将离职的业务员在销售亏损的情况下，仍要求领取预期利润的奖金 2,000 美元；我咬牙支付了这笔钱，算是对他先行开拓的奖赏；销货结束一结算，我们整体亏损超过 4,000 多美元。最辉煌的时段是 2006 年到 2008 年，我们所经营的商品质量优良，售后服务周全，到港货物源源不断，成为垄断汽油发电机销售市场的王者。

十年里，中尼两国经贸往来发生了巨变。我赴尼前的 1998 年度，两国双边贸易仅 8,600 多万美元；而十年后的 2008 年度，中方对尼直接贸易额已达 72.66 亿美元，通过第三国的转口贸易更是高达200多亿美元。在这一变化中，尼日利亚国民得到了实实在在的好处。仅就我们商务中心经营过的主要商品而言，2000年尼日利亚进口的日本80CC二手摩托车售价400美元，到2006年，只需200美元就可买一辆中国制造的100CC通用款摩托车；2002年600W小型家用汽油发电机进口价每台100美元上下，2008年60美元便能买到一台。在相同质量前提下，这两类中国制造的进口售价都下降了40%以上。

据我国驻尼有关单位统计，2005年，我国在尼民营企业已发展到300多家。其中贸易型公司270多家，年销售额约3亿多美元；生产型企业26家，累计投资3,200多万美元，年产值超过1亿美元，企业员工达2,500余人。同时，国有大公司如中石化、中石油、华为等30多家企业在尼有了投资项目。对尼经贸活动呈现出两个特点：一方面，民营企业以贸易即经销商品为主，投资建厂为辅，而国有企业以投资为主，经销商品为辅；另一方面，中国在尼企业已从单纯的商品输出，开始向资本、人才、技术输出转移。

我国企业能够顺利入尼开展经贸活动，其主要原因：一是中国政府做了大量的基础性工作，驻尼使、领馆和中国投资开发贸易促进中心，从商务信息、生活保障、商品展销、法律援助等各方面，为我国企业在尼拓展业务提供了强有力支持；二是中国入尼企业具有勇于开拓的精神，他们在国内就是优秀企业，有些甚至已在东欧或南非有了长足发展，但没有因此停步，继续携资进入西非开辟新疆域，进一步做大做强；三是入尼中国企业大多具有灵活的经营机制，能够根据当地市场特点，选择自己的经营方向，并能顺应市场变化及时做出调整，有效规避贸易及投资风险，在激烈的竞争中立于不败之地；四是中国厂商在尼销售的商品，通常性能优、质量好、价格适中、竞争力强，而且大都构建了自己的营销渠道和网络，把触角延伸到市场各个层面；五是具有较为灵活的用人机制，企业员工能进能出，按照发展需要招聘引进各类人才，同时把企业的兴衰与员工切身利益结合起来，充分发挥每名员工开拓市场的闯劲和坚守“家园”的韧性。

当然，中国入尼企业也有必须汲取的教训：有些企业对尼投资缺乏风险意识，防范应对不力，因此失败在所难免。毕竟尼日利亚市场经济并不完善，商机大，变数更大。上海一家企业，在卡拉巴尔自由贸易区投资1,000万美元办轧钢厂，生产冷拔丝、螺钉、彩钢瓦等。尼政府原先同意其产品交纳6%的税收就可以销售。厂建好后，政府出台新规：自贸区产品进入尼国内市场还要交进口关税，税率剧升到40%，致使企业利润大幅萎缩，经营陷入困境。有些企业经营理念跑偏，不去思考如何诚信经营争取市场，而是千方百计钻营腐败的漏洞，以为肯花钱就能成大事，不惜违法违规经营，严重损害了我国企业在尼的声誉。

因此，中国企业在尼行商办厂，必须考虑政策的因素，政策多变缺乏连续性，是不发达国家的通病，它使企业的经营经常处于不可控状态；必须考虑腐败的因素，它导致办事效率低下，经营成本增大；必须考虑基础设施的因素，水、电、路建设严重滞后，大大制约了企业的发展；必须考虑社会治安的因素，抢劫、杀人、偷盗案件高发，将使企业疲于应付。古人云：谋定而后动。只有通盘考虑有利不利因素，仔细谋划行动预案，才能使自己“走出去”开拓的脚步，迈得更稳当，行得更久远。

我们商务中心在尼历经风雨，茁壮成长，业已枝繁叶茂。可一场风暴突如其来，将它硬生生连根拔起。

回福州后，我列席参加了几次集团党组会。3月12日，福建外贸中心集团党组忍痛决定：卖楼还钱！3月15日，我再次走进北京市第二中级人民法院，代表集团在庭外调解协议书上签字。2007年，根据国内有关部门的要求和集团总部的安排，尼日利亚中国投资开发贸易促进中心将结束它的使命。

4月11日，我在国内处理完相关事务后飞赴尼日利亚。最终撤出已开始倒计时了。合作伙伴的周转金必须还清，经销商的订货一定发足，房产得找个靠得住的主人，最重要的是安排好同甘共苦打拼的全体员工之未来生计……

在中国驻尼大使馆监督下，经福建外贸中心集团批准，2009年2月21日11时30分，我将商务中心伊叠久房产的钥匙和全套材料，郑重交给了中国买家。

老兵终将谢幕！但我的心，不会离开曾拼搏十年的这方热土。

附件一

中国贸易展架起中尼贸易新桥梁

央视国际

（2004 年 12 月 23 日 15: 54）

主持人计渝：各位观众，欢迎收看中央电视台经济频道，这里是中国财经报道，我是计渝，我现在是在非洲尼日利亚的拉各斯为各位做特别的报道。当地时间 11 月 15 号，由中国贸促会举办的中国贸易展览，在尼日利亚最大的经济金融城市拉各斯正式开展，来自国内 11 个省市区的 38 家厂商不远万里赶到了这里参加这届展览。近年来中国和尼日利亚之间的贸易发展得非常迅速，到 2003 年双方的贸易额突破了 18 亿美元，尼日利亚已经成为中国在非洲的第二大出口市场。

在这次展览会上，我们不但看到纺织机械、包装机、汽油柴油发电机等机电产品吸引着参观者的眼球，冰箱、空调、小家电也没有被冷落，在科龙电器的展示区内，记者看到科龙的冰箱和冰柜受到当地消费者的欢迎，但是记者发现展览会上展示的冰箱和冰柜与国内市场上销售的同类产品有所不同。

参展商刘斌：“像这款冰箱我们在这里加了一把锁，额外的这个木纹的外围光是当地消费者特别要求的，看上去很高档的一种感觉。”

记者：“我看一下，这是锁呀？”

参展商刘斌：“这是锁。”

参展商刘斌还介绍，冰箱和冰柜的钥匙与我们市场上的也不同，他们把扁平状的钥匙改为圆柱形，这也是当地市场的要求。另外，由于尼日利亚供电不足，造成经常断电，他们还在冰箱冰柜上增加了一个比较宽的电压带，来适应比较大的电压波动。

在展会上我们还看到假头发也非常受欢迎，黑人朋友因为发质的缘故，他们的头发都是打卷的，一般一个星期就要打理一次发，于是一些女孩儿就用假头发续长自己的头发，再辫成了一个个小辫子，因此假发在这里也成为了畅销品。在展会开幕式现场，我们遇到了前来参观的尼日利亚驻中国大使，他告诉记者，这是他在尼日利亚看到的最好的展览，展示的产品正是他们所需要的。

尼日利亚驻华大使科克尔：“来自中国的产品质量非常好，尼日利亚的人们很喜欢中国生产的产品，我也希望中国的商人和尼日利亚的商人在尼日利亚合作建立工厂，产品不仅在尼日利亚销售，而且还可以销售在尼日利亚以外的国家，也就是出口别的国家，这样还可以帮助尼日利亚创造一些外汇。”

在这次展览会上记者也随机采访了一些参展商，他们在这样的展览会上能否有收获呢？

参展商陈元车：“展览的话，特别是在一个陌生的市场，它可以很低的成本接触很多客户，比我们一个一个去跑要省很多事儿。我们在这个地方已经有两三年了，但是我们这次展览会也接触到了一些新的客户。”

参展商还表示，他们特别希望参加专业性强的展览会，这样可以吸引更多的专业观众，他们也会有更多的收获。组织这次展览会的中国国际贸易促进委员会的有关人员也表示了同样的想法。

中国贸促会展览部业务处处长郭英会：“我们搞这个展览会一方面是国内的企业，另外一方面就是在当地已经设点的厂家，我们也肯定是欢迎他们参展，他们对这个市场了解得更清楚，因此到这里来以后，他们的产品组织得更有针对性，效果会更好。”

中国贸促会会务部副部长杨华中：“企业参加展览本身是一个结识客户、了解信息、了解市场的一个过程，参加完展览会之后，他们都感觉收获很大。一是结交了相当一批对口的客户，还有呢，就可能为下一步直接签订单打下基础，据我所知，目前尼日利亚的市场上，有相当多初期跟着我们贸促会和商务部组织的一些展览会来的企业，目前为止有不少已经打入尼日利亚市场。”

主持人计渝：尼日利亚是非洲地区人口最多的国家，这里有1.2亿人口，自然也有一个前景很广阔的消费市场，中国的纺织、服装以及轻工产品在这个市场中很受消费者的欢迎，不过我们在参观这个展览的时候却发现，这类产品很少在展览中出现，这是为什么呢？这里给大家说个小插曲，你知道吗？我们这个2004中国贸易展差一点就不能如期开展，其原因，就是我们在国内所带的展品中，包括了一些办公桌椅，前不久尼日利亚颁布了一项法令，禁止从海外进口41种产品，这其中就包括从海外进口的家具，而拉各斯海关的官员认为，我们所带来的参展的桌椅，就是进口的家具，后来经过中国驻拉各斯总领事馆商务处的多次交涉，才使得我们参展的这些商品顺利出关，才使得我们2004中国贸易展顺利开展。

胡玉杰是中国驻尼日利亚拉各斯总领馆的经济商务领事，今年来到拉各斯之后就开始走访中国在尼日利亚的企业，他发现在200个尼日利亚的中国企业中，有150多家属于中小型民营企业，而其中做纺织品贸易的居多。今年四月份尼日利亚出台了包括纺织品以及纺织品原料等为主的41种产品禁止进口的禁令，这对中国在尼日利亚的一些中小企业影响非常大。

中国驻尼日利亚拉各斯总领馆经济商务领事胡玉杰：“从我们国家对尼日利亚的进出口贸易额来讲，我们2003年进出口贸易额是18.6亿美元，而我们对它的出口是17.6亿美元，服装和纺织加在一块，如果从所占比例来讲，应该在20%到30%这个比例，所以对我们的中小型企业打击是比较大的，因为原来的时候，来到这个国家做生意的，好多都是中小型企业，来做纺织产品。”

了解到这种情况后，胡玉杰就和企业一起寻找出路，他建议中小企业应该利用尼日利亚的地理和交通优势，开办工厂生产产品，再把产品销售到非洲其他国家。

中国驻尼日利亚拉各斯总领馆经济商务领事胡玉杰：“而且设点建厂把半成品运进来以后，在这里开始缝制，这样一来既节省了成本，又能适应尼日利亚的法律法规。”

孙国平是尼日利亚中国商城的总经理，41 种产品禁止进口禁令出台后，给他的中国商城的中小企业造成很大的影响，因为中国商城的企业多是以纺织品贸易为主的企业。那么，中国纺织产品在尼日利亚是否受到消费者的欢迎呢？在中国商城我们也随机采访了几位消费者。

记者：“你经常来这儿买东西吗？”

尼日利亚消费者甲：“是的，当我需要任何东西的时候，我都来买。”

记者：“你认为这里的产品价格和质量怎么样？”

尼日利亚消费者甲：“好，很好！”

尼日利亚消费者乙：“质量很好，好质量，是棉质的，我喜欢。”

尼日利亚店员：“这是很好的东西。”

记者：“那是你的店吗？”

尼日利亚店员：“这是我的店，135 号，任何时候都可以来这里买东西，我的货是从中国来的，从北京来的。”

记者：“你是从中国来的吗？”

中国商人：“你好，是。”

记者：“在这里感觉怎么样？”

中国商人：“感觉还可以。”

记者：“你在这里多长时间了？”

中国商人：“在这里快三年了。”

记者：“每天这里的客人多吗？”

中国商人：“每天客人很多。”

记者：“生意怎么样？”

中国商人：“生意应该说不错。”

记者：“这里头有你自己的销售人员吗？”

中国商人：“有，这个。”

记者：“你叫什么名字？”

黑人雇员：“我叫乔伊。”

孙国平告诉记者，中国的产品受到尼日利亚消费者的欢迎，主要原因是同样质量的产品在价格上有优势。

尼日利亚中国商城总经理孙国平：“原来都是通过转口，通过香港、通过欧美，进来的商品，那价格比较高。我们中国现在过来的人，大部分是进口商，一小部分逐步逐步这些厂家都过到这里来了，等于我们这个市场做到他的家门口了。”

孙国平还告诉记者，但是针对尼日利亚发布的41种产品禁止进口禁令，他们准备调整战略，把一些产品在尼日利亚进行深加工。与孙国平有着同样想法的是浙江温州人杨布克，他一年前来到尼日利亚开办了一个制造男皮鞋的工厂，这次41种禁止进口的产品中也包括了男鞋，但是令他欣喜的是在尼日利亚投资建厂正是尼日利亚政府所鼓励的。然而他又遇到了经营理念上的麻烦。

哈杉大西洋（尼日利亚）实业有限公司总经理杨布克：“以温州人经商形式，自己开店，自己卖鞋，慢慢地悟出来，这不是我们的惟一的经营方法，我们目前的方法，是把我们的产品打入到它的主流市场，寻找当地最强最有势力的总经销商。”

杨布克利用尼日利亚的经销商把自己的产品打进了主流市场，成为了尼日利亚的名牌产品，据了解，目前他们的产品供不应求。现在他正准备再上一条生产线，利用尼日利亚拉各斯的地理优势，把他们的产品推销到非洲各国。

主持人计渝：拉各斯是尼日利亚最为重要的经济金融中心，这里也是西非海岸最为著名的港口，这里有着较为齐全的海运、空运和陆运的基础设施条件，因而这里就成为中国商品进入尼日利亚市场以及进入西非市场的重要集散地，现在在这里已经有3万多中国人投资经商，他们成为中国和尼日利亚之间贸易发展的重要纽带。

在这次展览会上，我们遇见了年轻人贾刚，他是2003年来到尼日利亚拉各斯创业的，主要从事汽车配件贸易，我们在展览会看到他的时候，他正忙着给参观者介绍他的展品。他告诉记者，在尼日利亚感触最深的是，这里的市场很大，也很锻炼人。

广州正维进出口公司尼日利亚分公司经理贾刚：“因为尼日利亚的市场，除了南非，几乎整个非洲它都能涉及，它的市场状况是以城市为中心，向周边扩展的，可能就像拉各斯这样一个城市，它都是卖汽车配件的，对于拉各斯内销只有5%，最多5%，其他95%都要销到国外，市场非常大。”

贾刚告诉记者，摩托车和汽车是尼日利亚等非洲国家的主要交通工具，因此汽车、摩托车配件的需求量也非常大。但是让他最头疼的是当地人的时间观念非常差，经常是约好的上午谈判而总是到了下午还看不到人影，不守时是常事儿，办事效率也非常低，现在他的急脾气变成慢性子了。

岗永斌是尼日利亚中国投资开发贸易促进中心总经理，但与贾刚不同的是，他是商务部派来的工作人员，主要是帮助中国的一些部门在尼日利亚办展览会。

尼日利亚中国投资开发贸易促进中心总经理岗永斌：“我们已经办了八次展览，一共有一千多家中国的企业到了这边来，有将近四千人次到了尼日利亚来，现在这里大概有我们介绍过来的近百家公司，通过办展览在这里落户。”

目前在尼日利亚的中国企业超过了两百家，中资公司有五十多家，随着尼日利亚对外开放步伐的加快，石油、通讯等行业开始迅速发展起来。

华为技术有限公司尼日利亚代表处拉各斯办事处主任杨谌：“因为像固定网有线电话这方面，它们的基础条件是较差的，没有形成光纤网络的覆盖，整个还处于微波的覆盖状态。正是因为这个，一些尼日利亚的私有运营商包括一些跨国的运营商也看到了这一点，陆陆续续加大了在尼日利亚这个市场的投入。”

中兴通讯股份有限公司尼日利亚拉各斯代表处国家总代表赵筱萍：“我们明年在这里建立一个手机厂，在这里投资一亿美元，手机厂的建成可以解决尼日利亚的很多就业问题，同时慢慢地我们也可以把一些技术引进到尼日利亚，另外我们以尼日利亚为中心，可以降低尼日利亚手机的成本，也可以面向整个西非，打开我们在这边的市场。”

截至目前，尼日利亚拥有固定网络用户和移动网络用户还不到五万户，这个数字与尼日利亚的 1.2 亿人口相比，有很大的发展潜力，目前我国的中兴通讯和华为通讯在尼日利亚都拥有一定的客户群体和网络。

中国驻尼日利亚拉各斯总领事刘英海：“现在我们进来以后给它合作建网络，不但我们的产品销到这里，还可以帮助它培养人才，帮助它发展它的 IT 产业，对尼日利亚 IT 产业的发展也起到很大的帮助作用。”

主持人计渝：在这里的几天采访中，让我们深深感受到今日的尼日利亚正处在发展的新时期，虽然目前这里的基础设施、投资环境、法制环境还有很多不尽如人意的地方，但是它所拥有的广阔市场空间，丰富的自然资源，以及它对于西非市场所具有的特殊辐射影响能力，都是值得大家期待的。令人欣喜的是，现在已经有众多的中国厂商，开始在这片非洲大地上辛勤耕耘，有阳光的地方就有中国人，有中国人的地方就有财富创造的奇迹。

以上是由计渝发自非洲尼日利亚拉各斯的特别报道，感谢各位的收看，欢迎继续收看中央电视台经济频道的其他节目，我们下期节目再见。

附件二

1998—2008年尼中心服务情况表

年份	在尼办展	办展成交金额	国内经贸洽谈会	接待省部级高访团	接待团组	入住人次	咨询人次	救助人次	协助追回欠款金额	协助中国商人在尼办工厂
1998年								22		
1999年	2	$550万		1	51	1230	1000余			
2000年	2	$1300万		2	65	2300	2000余	11	$38万	
2001年	2	$2050万	1	1	67	2800	2500余	23		
2002年	1	$800万	1	1	73	3200	3000余	26		
2003年	1	$1300万	1		50	3400	2000余	9	$220万	
2004年	1	$2000万		1	81	2971	3000余	2		
2005年				1	127	5036	3000余	27		
2006年					130	4072	5000余			2
2007年					222	7277	7000余	6	$39万	
2008年					217	5836	6000余	3		
合计	9	$8000万	3	7	1083	38122	34500余	129	$297万	2

附件三

尼日利亚中国投资开发贸易促进中心大事记

（1997—2011年）

1997年

9月

25日　根据外经贸部[1997]外经贸部政海函字第2552号批复，福建外贸中心集团开始筹备工作。

10月

20日　16:10，在广交会展馆与荷兰客户洽谈时接集团电话通知：速回福州！明日上午09:30集团党组谈话。

21日　09:30，集团党组集体与我谈去尼日利亚承建尼日利亚中国中心事宜。

24日　下午，接外经贸部通知，开始协助安排尼日利亚政府代表团访问福州事宜。

11月

2日　晚，尼日利亚政府代表团抵达福州，入住福建省福州市外贸中心酒店。

3日　上午，尼日利亚政府在福建省福州市外贸中心酒店召开招商会。下午，福建省政府安排尼日利亚政府代表团参观福州马尾保税区。

4日　上午，尼日利亚政府代表团回北京。

25日　上午，去北京同外经贸部与相关部门联系筹建尼日利亚中国中心事宜。下午，进出口银行洽谈使用外贸发展基金筹建尼日利亚中国中心事宜。

28日　上午，经西亚非洲司安排去中国土木建设总公司学习在尼日利亚的工作经验。

12月

14日　上午，外经贸部西亚非洲司俞副司长到福州指导尼日利亚中心筹备工作。

22日　开始起草《尼日利亚中国投资开发贸易促进中心可行性报告》。

1998年

1月

20日　去北京进出口银行和外经贸部递交可行性报告并听取

修改意见。

31 日　上午，进出口银行信贷二部穆副总经理来福州考察外贸中心集团。

2 月

16 日　外经贸部批准外贸中心集团提出的尼日利亚中国中心建设投资额度。

4 月

1 日　上午，小许、小姚赴尼日利亚开展前期筹备工作。

9—10 日　随外经贸部代表团去石家庄市开展有关非洲中国中心招商活动。

13 日　下午，外经贸部安排去国家外汇管理局了解办理相关外汇手续事宜。

14 日　下午，外经贸部安排去财政部了解办理国有资产投资国外事宜。

6 月

尼中心小姚随大使馆人员到尼东部瓦里参与解救被扣的 19 名中国籍船员。

7月

2日　中国（福建）对外贸易中心集团根据外经贸部[1998]外经贸政海函字第1715号批复正式成立尼日利亚中国投资开发贸易促进中心。

9月

3日　17:00，得知国务院已批准尼日利亚中国投资开发贸易促进中心项目。

23日　中国进出口银行周行长一行来福建考察福建外贸中心集团。

10月

15日　杨总裁代表福建外贸中心集团与中国进出口银行签署借款合同和担保合同。

23日　上午，在财政部国有资产处办齐国有资产境外投资登记手续。

30日　15:30，办理完全部福建外贸中心集团向国家进出口银行借款合同手续。

11月

5日　取得尼日利亚中国投资开发贸易促进中心福州代表处工商经营执照。

9—10日　在北京参加外经贸部组织的各中心工作进展汇报

会。

20日　中央外贸发展基金尼日利亚中国中心建设款由中央金库拨入福建外贸中心集团账户。

12月

28日　先后去外经贸部、贝宁和尼日利亚驻华大使馆、进出口银行谈尼中心工作事宜。

30日　15:40，与陈副总一同飞香港，转巴黎。

31日　17:27，抵达拉各斯。小许、小姚和王秘书来接（中国时间1999年1月1日，00:27）我们。

1999年

1月

1日　上午，在商务处人员的陪同下到中国驻尼日利亚大使馆向吕大使办理报到手续。

13日　取得尼日利亚政府颁发的CFN投资贸易有限责任公司的营业执照。

19日　下午，应商务处王秘书（女）的要求，和陈副总、小姚去机场接××发电机公司来尼调研人员。被误解。

2月

4日　上午，进入拉各斯市玛瑞娜日用品市场考察。

18 日　上午，到玛瑞娜市场客户处签订销售蘑菇罐头协议并收取定金。这是尼中心第一单贸易。

19 日　上午，进入拉各斯市阿拉巴电器市场考察。

3 月

3 日　下午，与阿穆都迪佳尼住宅房东签订租房协议并开始装修。自此尼中心有了可供接待中国访尼团组的住房。

15 日　去奥贡州考察农场情况时被移民局等部门扣留。

20—23 日　应外经贸部要求去贝宁国克托努市，与中国驻贝宁大使馆洽谈设立贝宁中国商务中心事宜。

4 月

1 日　晚，尼中心工作人员因装修新房及接待等问题发生争执。

2 日　尼中心阿穆都迪佳尼招待所开始对外营业。杭州卷烟厂赴尼考察组 7 人入住。

11 日　晚，中国贸促会刘副会长率“中国企业家代表团”6 人入住尼中心招待所。

20 日　随商务处兰参赞去阿布贾市与尼商业部洽商有关尼中心在尼待遇等问题。

23 日　深圳华为公司王经理入住尼中心。

25 日　国家商标局处理虎头牌商标纠纷赴尼日利亚谈判小组

5 人入住尼中心。

5 月

11 日　收齐第一笔货款（尼商人购买蘑菇罐头货款）。

6 月

22 日　下午，去南京金城摩托车公司拉各斯代表处住地，谈开拓尼日利亚摩托车市场事宜。

7 月

3 日　夜，食宿在尼中心的华为公司首席代表吴经理因患疟疾高烧不退，紧急送往中土医院。

6 日　凌晨 3—5 时尼中心住地隔壁的住宅发生抢匪开枪抢劫事件。隔壁尼居民 1 死 1 伤。

16 日　确定尼中心租赁设在玛瑞娜市场的办公室。

30 日　上午，回国参加厦门洽谈会尼日利亚投资推介会。

8 月

25—26 日　随大使馆人员去卡诺州参加卡诺商会招商活动。26 日上午在州政府官员的引导下参见当地土王。

9月

4日　尼中心设在拉各斯市玛瑞娜市场中国商品展示间和商务洽谈室开始接待尼商人。

5—8日　随商务处兰参赞去阿布贾市与尼商业、通信、农业部和投资委洽谈中国商品和企业进入尼日利亚事宜。

13—17日　由天津市外经委主办、尼中心承办的“天津市出口商品展览会”开幕。5天成交350万美元。

18—24日　尼中心配合福建省外经委在拉各斯和阿布贾分别举办“福建省出口商品洽谈会”，共成交200万美元。

10月

8—19日　某省“世界经济战略研究会”先后来尼日利亚16人。组织无序。

27—28日　去阿布贾拜见尼商业部、海关、外交部、投资委员会。确定尼商业部长访华事宜。

11月

11日　在玛瑞娜市场办公室安装福建省生产的本田牌汽油发电机解决长期停电的问题。此事为尼中心日后开展汽油发电机贸易的重要启端。

21—25日　外经贸部廖副司长率“非洲中心调研小组”到尼中心检查工作。

21日　贝宁商务处来拉各斯购买物品。

12月

6日　15:00，尼移民局来尼中心抓捕××公司王经理，与商务处赵秘书一起将其保下。

全年共接待我国访问尼日利亚各类团组51个，1230多人/天；回复各类商务咨询1000多人次；协助举办中国出口商品展览会2次，成交金额550万美元。

2000年

2月

22—24日　尼中心到阿南布拉州奥卡、奥尼查市和埃努古州埃努古市考察当地市场。

3月

20日　上午，与霍秘书到阿布贾尼商业部谈给予尼日利亚中国中心优待条件事宜。

30日　随梁大使去埃多州贝宁城市拜会州长。当晚参加州长所设的晚宴。

31日　上午，在州政府财政厅长的引导下拜见当地土王。

4月

21—23日　接收从瓦里港撤出被扣三个月中国商船的23名船员。23日在大使馆的帮助下将其顺利送出尼境。

5月

17日　上午，去阿布贾尼日利亚商业部办理尼日利亚中国中心注册事宜。

7月

5日　下午，小许调回国内工作。

8月

17日　上午，参加大使馆组织的迎接代表江泽民主席向阿巴桑乔总统递交参加中非会议邀请函的商务部孙广相副部长一行。

10月

3日　××电力设计院尼日利亚工作组××在尼北部洽谈项目途中翻车牺牲。

22日　下午，拉各斯发生豪萨族与约鲁巴族人激烈冲突。开车送8名中国住客去机场。

11月

3—12日　协助国家贸促会机械行业分会在拉各斯市举办"中国出口商品展"。共成交800万美元。

4—8日　配合江苏省外经厅在拉各斯举办"江苏省出口商品展"，共成交500万美元。

5日　晚，配合商务处解救因处理江苏展览事宜被劫持的三名我国商务处外交官。

30日　中国贸促会展览部王处长一行来拉各斯市考察举办国家级展览条件。

全年共接待我国访问尼日利亚各类团组65个，2300多人/天；回复各类商务咨询2000多人次；协助举办中国出口商品展览会2次，成交金额1300万美元；协助中国企业追回货款38万美元；协助大使馆解救中国公民20人次。

2001年

1月

31日　去湖北省十堰市考察东风汽车公司。洽谈在尼日利亚销售中国品牌汽车。

2月

17—21日　参加接待河北省郭副省长访尼代表团活动。

3月

30日　10:00，经中国大使馆介绍与韩国大使馆的大使洽谈购买韩国大使馆事宜。

4月

15日　小姚回国。

23—24日　应尼日利亚埃基蒂州长邀请前往该州进行商务考察。

5月

5—22日　协助山东省外经厅举办山东省出口商品展览会并参加接待吴官正书记活动。

10日　患霍乱住院。昏迷1天。11日下午出院即参加山东展览筹备工作。

21日　11:00，第一次勘察古巴大使馆房产。

23—26日　福建省曹副省长到阿布贾会见尼商业部部长，并检查尼中心工作。

6月

10日　成立拉各斯中国（尼日利亚）工商联合会。我被选举为会长。

15日　20:00，经福建外贸中心集团同意，开始与古巴大使洽谈购买房产事宜。

7月

3—5日　应尼日利亚投资促进委员会的邀请考察克罗斯河州卡拉巴尔投资区。

9月

4日　去古巴大使馆拍照和丈量尺寸，并递交福建外贸中心集团购房授权书。

8—10日　参加厦门投资洽谈会。在“尼日利亚投资洽谈会”上以主宾身份发言。

11日　与福州市佳新电子公司李董事长洽商在尼日利亚销售汽油发电机事宜。

26日　14:30，到福建省长乐市本田发电机公司洽谈在尼日利亚销售汽油发电机事宜。

28日　考察上海至喜摩托车公司。与张总经理洽谈在尼日利亚销售摩托车事宜。

11月

2日　福州市佳新电子公司李董事长到拉各斯考察汽油发电机市场。

6—10日　协助中国贸促会在拉各斯举办“2001年中国出口

商品展览会”。

12月

5日　福州市佳新公司第一柜豪迈牌发电机清关到库。

17日　12:30，正式与古巴大使馆签定购买伊叠久房产合同。

20日　上午，在尼日利亚首都阿布贾市与尼日利亚××部长洽谈销售摩托车事宜。

26日　接待福建省外经厅章副厅长一行9人来尼日利亚考察。

29日　古巴外交部通过我国外交部和商务部核实尼日利亚中国中心的身份。

全年共接待我国访问尼日利亚各类团组67个，2800多人/天；回复各类商务咨询2500多人次；协助举办中国出口商品展览会2次，成交金额2050万美元；协助大使馆解救中国公民23人次。参与国内洽谈会1次。

2002年

1月

22日　根据我方的付款进度，古巴大使馆交付伊叠久部分房产给我中心。开始装修工程。

2月

7日　上午，与尼日利亚客户洽谈提供尼军队野战行军床等军需商品事宜。

25日　上午，去上海市拜访尼日利亚商务部驻上海代表处，并与首席代表洽谈合作事宜。

3月

4日　去青岛市与海信公司洽谈购买电视机、空调等用于装修尼中心新住宅的商品。

11日　去重庆市与至喜摩托车公司和宗申摩托车公司洽谈在尼日利亚销售摩托车事宜。

15日　上午，陪尼商务部驻上海首席代表阿比克依到福州市会见福建省外经厅郑厅长。

4月

3日　销售完第一柜豪迈牌汽油发电机。

7日　下午，参加尼日利亚和平统一促进会成立大会。当选执行理事。

14—16日　去阿布贾参加中国大使馆组织的江泽民主席访问尼日利亚迎送活动。

5月

28日　外经贸部基金处潘处长来拉各斯检查我中心购买古巴大使馆房产工作进展情况。

6月

5—8日　外贸中心集团温副总经理等5人来尼日利亚考察购买古巴大使馆房产工作。

8月

10日　福安市闽东一华公司第一柜TIGER牌汽油发电机清关到库。

18—21日　福建省张副省长一行6人来拉各斯检查我中心工作情况。

26日　我中心部分人员开始入住伊叠久大街并设立办公室对外办公。

9月

9日　下午，参加尼商务部上海代表处举办的“尼日利亚投资洽谈会”。

12日　去郑州与客户洽谈合作在尼日利亚销售电线事宜。

24日　去南平市考察南平铝厂、南平电线电缆厂和南孚电池厂，洽谈在尼销售事宜。

11月

12日　尼中心人员全部搬入新住宅。先后迁入的还有多家摩托车公司。

25—28日　协助中国贸促会在拉各斯举办“2002年中国出口

商品展览会”。

全年共接待我国访问尼日利亚各类团组73个，3200多人/天；回复各类商务咨询3000多人次；协助举办中国出口商品展览会1次，成交金额800万美元；协助大使馆解救中国公民26人次。参与国内洽谈会1次。

2003年

1月

24日　尼日利亚中国中心新办公、住宅地伊叠久房产开始装修工程。

6月

6日　国内招聘的电工和厨师在转机荷兰时被移民局扣留。经交涉分别释放。

13日　接商务部指示协助处理××化工厂被尼日利亚商人拖欠300万美元事宜。

7月

18日　尼中心全部工作人员都因装修工作繁重而病倒。尼中心暂停对外办公。

8月

18日　正式启用尼日利亚中国投资开发贸易促进中心新址。

24日　上午，商务部西亚非洲司齐副司长到尼日利亚中国中心检查工作。

9月

13日　下午，尼中心牵头成立尼日利亚中国公司商会拉各斯分会。参加庆祝仪式的中国商人达230多人。入住尼中心的9家中国摩托车公司均加入该商会。我任会长。

10月

18日　上午，利用参加广交会的时间，去广州市广花二路一带了解尼日利亚籍商人在广州的贸易和生活情况。后去广州市公安局出入境处外籍人员管理科反映情况。一位女性副科长讲，请拿介绍信来后再谈。回尼后报刘总领事。

11月

15日　上午，参加2003年中国出口商品展览会的部分中国商人在出拉各斯机场时被尼移民局个别官员索贿。在总领事馆的干预下，尼中心向尼日利亚政府提出处分相关官员的要求。在尼日利亚总统阿巴桑乔的支持下有23名涉事的移民局官员被处分。

18—21 日　协助中国机械行业分会举办“2003 年中国出口商品展览会”。

25 日　下午，参加拉各斯华人华侨“反独促统”大会，并在会上讲话。

12 月

10 日　在“中国城”经营的 11 名中国商人被尼日利亚经济调查局扣留调查。居住在“中国城”的中国公司纷纷避入尼中心。

11 日　随王大使陪同尼日利亚参议院副议长参观在拉各斯的中国企业和工厂。

全年共接待我国访问尼日利亚各类团组 50 个，3400 多人 / 天；回复各类商务咨询 2000 多人次；协助举办中国出口商品展览会 1 次，成交金额 1300 万美元；协助中国企业追回中国公司货款 4 起，共 200 多万美元；中国公司货柜到港无法清关 3 起，金额 20 多万美元。协助大使馆解救中国公民 9 人次。

2004 年

1 月

16 日　上午，在尼日利亚移民总局官员的陪同下去拉各斯机场指认 2003 年 11 月 15 日向入境的中国参展商人索贿的尼日利亚移民局官员。

2月

7日　上午，在福州参加佳新电子公司与日本 YAMHA 公司合资成立佳新创辉公司成立大会。

19日　去福安市与相关发电机公司洽商出口发电机到尼日利亚事宜。

28日　15:00，在福州参加商务部廖副部长和福建省叶副省长主持的“走出去”工作汇报会，并在会上汇报了尼日利亚中国中心开展工作情况。

3月

26日　上午，与大使馆杨领事到拉各斯移民局处理××摩托车公司人员护照被扣事宜。

4月

30日　尼中心先后入住一名台湾商人和一名经中石油公司介绍的瑞典籍工程师。

5月

3—7日　福建外贸中心集团张处长带监察、审计和财务检查组入住尼中心检查工作。

18—20日　商务部魏副部长一行 23 人入住尼中心，召开非洲石油工作会议。

24日　到拉各斯海关处理他人冒用其他中国公司名义进口中

国商品事宜。

8月

31日　上午，去尼日利亚××局处理中国销往尼日利亚商品质量事宜。

9月

20—24日　山东省李副省长一行14人入住尼中心。

11月

6—8日　去阿布贾参加吴邦国委员长访问尼日利亚期间的中国公司商务活动。

15—19日　协助中国贸促会在拉各斯举办“2004年中国出口商品展览会”。

30—12月3日　带小罗先后到尼日利亚阿布贾市、卡通纳市和卡诺市考察发电机市场情况。

12月

19日　上午，与商务处胡领事组织中国商人参加尼日利亚标准局举办的商品质量座谈会。

31日　15:30，参加总领事馆组织的“非洲反恐问题”讲座，由来访的中国现代国际关系研究院李绍先副院长等人主讲。

2005年

1月

11日　下午，福安市泰格公司TIGER第一柜入库。3天售罄。

26日　与大使馆达成使用尼中心车辆协议。

28日　参加阿布贾尼总统夫人Stella组织的为残疾儿童募捐活动。

30日　13:30，参加拉各斯华人“反独促统”大会并发言。

2月

28日　上午，在福州与“泰国木薯协会”陈会长谈进口尼日利亚木薯意向。

3月

3日　考察河南省郑州和巩义市电线电缆工厂。

10日　参加“福建省外经贸工作会议”并发言。

16日　在上海与尼日利亚政府商务代表阿比克依谈进口尼日利亚木薯事宜。

17日　带佳新公司李董事长到福州海关谈商标保护事宜。

26—29日　集团赵副总裁一行到尼日利亚中国中心检查工作。

6月

25日　下午，参加拉各斯华人纪念中国抗日战争胜利60周年大会并讲话。

7月

1日　尼中心职员小罗去尼日利亚标准局办事被误扣，使馆商务处即去解释后放回。

8月

2日　商务部李局长、薛局长一行检查尼日利亚中国中心工作。

6日　08:30，在尼日利亚商务部部长陪同下与中国××公司罗总和陈经理到奥贡州考察木薯。11:30，与奥贡州州长会谈。12:30，参加“奥贡州农协会木薯分会”会议。与100多位木薯农场主会谈。17:00，拜见尼日利亚总统阿巴桑乔洽谈木薯采购事，并参观阿巴桑乔总统的农场。

16日　下午，尼中心职员小沈外出时与尼日利亚便衣警察发生冲突，后该便衣警察被宪兵赶走。

10月

9日　10:00，向福建省委组织部递交公开竞聘省国资委副主任的竞聘报告。13:30，去福安市泰格公司与黄董事长洽谈合作开发尼日利亚汽油发电机事宜。

24—26 日　组织安排福建省叶副省长一行来尼日利亚访问事宜。

27 日　00:05，尼中心宿舍共 5 个客房 7 名中国公民被抢劫。

31 日　上午，向大使馆和商务处请假回国参加 11 月 13 日福建省公开竞聘事宜，未获同意。

11 月

9—11 日　集团黄副总裁一行来尼日利亚中心检查工作。

15 日　开始处理某浙江商人被尼日利亚恶商敲诈事宜。

30 日　开始处理王 ×× 被骗事宜。

12 月

8—11 日　协助大使馆处理四川省商人雷某 11 月 26 日被尼日利亚黑势力非法拘禁事宜。后将雷送回中国。

21 日　协助大使馆处理 25 名中国劳工转道利比亚务工，在拉各斯转机时被扣留事宜。

23 日　尼海关处理灰色清关和非法进口纺织品查封中国城。10 名中国商人被扣。

全年共接待我国访问尼日利亚各类团组 127 个，5036 人 / 天；回复各类商务咨询 3000 多人次。协助大使馆解救中国公民 27 人次。

2006年

1月

6日　下午，尼中心购买一条护卫犬。开始加强设置尼中心内部防抢劫系统。

9日　上午，尼日利亚恶商带警察和律师押着中国商人毛××来尼中心闹事。

10日　下午，陪××市某船务公司郑总到商务处谈其所承运的台湾商人2.9万吨水泥船2005年11月到哈尔科特港后无法卸货事宜。

4月

18日　下午，参加拉各斯华商组织的合法清关介绍会。会上拉各斯警察局长和阿帕帕海关关长介绍了清关的程序和规定。我在会上做了如何做好合法清关的发言。

25日　下午，飞阿布贾市参加胡锦涛主席代表团访问尼日利亚迎送活动。

26日　14:30，胡锦涛主席专机到达阿布贾机场。晚上参加尼日利亚总统所设的欢迎晚宴。

27日　10:00，参加大使馆组织的胡主席与在尼中方人员见面会和合影。下午参加机场欢送活动。

5 月

4 日　拉各斯市汽油发电机市场小型发电机脱销。尼中心仓库小型发电机全部售罄。

11 日　上午，参加拉各斯市中土北亚公司“中国投资区”开工典礼活动。

30 日　尼中心仓库全部汽油发电机售罄。

11 月

8 日　在北京参加商务部组织的“全球中资企业商会会长会议”。

12 月

24 日　尼中心财务魏经理因销售商 UCHE 欠款未还清，坚持原则未同意发货而发生争执。

31 日　18:00，参加中国南方航空公司首航拉各斯庆祝晚会。

全年共接待我国访问尼日利亚各类团组 130 个，4072 人 / 天；回复各类商务咨询 5000 多人次；协助中国企业在尼日利亚设立工厂 2 个。为我国企业访尼团组提供 96 人次访尼邀请；协助尼日利亚知名企业家办理商务访华签证 31 人次。

2007年

1月

9日　去机场接凤凰台记者严明、李平来尼采访1月5日四川建设公司5名工人在尼河流州被劫持事宜。但因其持法国护照无法办理落地签证而被拒绝入境。

25日　又有9名在尼东部的中国石油工人被绑架。从1月5日起因尼东部反叛组织与尼政府谈判破裂，在尼日利亚东部各州先后有14名中国工人、9名韩国石油工人、20名菲律宾石油工人和2名美国商人被绑架。

30日　下午，在拉各斯设厂的福建商人胡先生来尼中心报告，有3名假冒警察的劫匪冲到他家内实施抢劫，他们进行了英勇的反抗，因此保护了自己的财产。

2月

28日　上午，中国进出口银行因尼日利亚中国中心逾期未还尼日利亚中心建设款，保全尼中心承办单位福建外贸中心集团和贷款担保公司设在福州的银行账户及部分房产。13:00，我代表尼日利亚中国商务中心和福建外贸中心集团，到北京市第二中级人民法院第29庭旁听中国进出口银行对尼中心承办单位福建外贸中心集团的法庭陈述。

3月

1日　下午，到商务部向魏副部长汇报尼中心承办单位福建外贸中心集团账户被封事宜。

2日　17:30，到北京小汤山向财政部商贸二司×××汇报福建外贸中心集团国内账户被封事宜。

6日　14:30，再次去北京找商务部陈部长助理要求解封福建外贸中心集团国内账户。

8日　14:00，去中国进出口银行法律部要求解封福建外贸中心集团国内账户。

10日　下午，到福安市与TIGER公司与黄董事长谈扩大对尼日利亚发电机销售方案。

12日　下午，参加福建对外贸易中心集团研究出售在尼房产筹款归还尼中心借款事宜。

13日　福建外贸集团汇款给中国进出口银行，开始办理庭外调解解封账户程序。

15日　13:00，代表尼中心和外贸集团到北京第二中级人民法院与进出口银行达成调解协议。

28日　几经努力，尼中心国内承办单位福建外贸中心集团账户终于解封。

6月

17日　处理浙江宁波商人朱总被骗来尼8个货柜38万美元铝材清关和销售、汇款事宜。

29日　××社某记者经贝宁来拉各斯时被两次打劫，驾车司机被枪打伤。

7月

12—13日　浙江商人林某被尼某商人讹诈1万美元。当日林某回国时被尼商人拦截。经尼中心协调确保人生安全并支付1万美元后，次日林某乘班机回国。

全年共接待我国访问尼日利亚各类团组22个，7277人/天；回复各类商务咨询7000多人次；协助中国企业追回货款39万美元；协助大使馆解救中国公民6人次；遣返在尼发生问题的中国公民7名。为我国企业访尼团组提供30人次访尼邀请；协助尼日利亚知名企业家办理商务访华签证35人次。

2008年

1月

4日　开始通过商务处等途径征询在尼日利亚的中资公司购买尼中心房产意向。

6日　下午，护送2位被骗来尼在奥尼查非法拘禁的中国山西商人乘南方航空公司班机回国。

10日　15:00，在商务处向在尼大型中资企业领导推介尼中心房产出售情况。

2月

20日　本日到库四个货柜发电机，第二日即售罄。此为在尼期间销售速度和数量之最。

3月

4—5日　经查，门卫F向尼有关单位秘告住在我中心中国商人经营情况。F被我中心清退。第二日即有自称是“尼官员”的两人来查尼中心中国商人情况，被我请回。

10日　开始处理有关善后事宜。

4月

5日　部分中国驻尼公司来实地查勘尼中心房产。

29日　成功劝阻中国商人赵××、刘××被尼日利亚不法商人诈骗事宜。

5月

28日　到广东省与两个公司洽谈出售尼中心在尼房产事宜。

6月

13日　福建外贸集团党组会议研究出售尼中心房产事宜。

18日　集团党组再次开会研究出售尼中心房产事宜。

20日　下午，张总代表福建外贸集团与购房公司正式签订出售房产合同。

26日　福建外贸集团账户收到第一笔购房定金。

8月

13日　开始做撤出现房产的准备工作。

27日　上午，两名尼日利亚便衣警察来到尼中心，要求查验所有中国人的护照，当即被我们请回。

9月

2日　经福建外贸集团同意，买购房产的公司施工队进入伊叠久房产开始改造施工。

10月

20日　在尼日利亚中国商务中心召开最后一次工作会议。

11月

6日　在尼日利亚中国商务中心，宴请总领事馆人员，并介绍房产移交情况。

12月

8日　受国际金融危机的影响，尼货币从120奈拉兑换1美元，迅速贬值到164奈拉兑换1美元。

全年共接待我国访问尼日利亚各类团组217个，5836人/天；回复各类商务咨询6000多人次；协助大使馆解救中国公民3人次。为我国企业访尼团组提供43人次访尼邀请；协助尼日利亚知名企业家办理商务访华签证26人次。

2009年

2月

11日　购房公司人员开始入住伊叠久房产。

18日　接集团通知，已按合同约定收齐全部售房款，可以移交全部伊叠久房产。

21日　11:00，正式移交伊叠久全部房产资料和钥匙。15:10和魏经理撤出。

25日　在尼中心临时住址召开第一次工作会议。

26日　参加商务室负责人刘领事的欢送晚宴。

27日　21:30，与魏经理一起进入拉各斯国际机场，乘迪拜航空公司班机回国。

28日　总领事馆和商务室人员先后到尼中心新址检查工作。

3月

1日　14:00，乘班机抵达福州机场。

2日　09:00，向福建外贸集团新领导班子报告最后移交伊叠久房产情况，并得到肯定。

5日　到福建省外经贸厅有关部门报告我撤出尼日利亚的情况。

9日　15:50，参与新组建的福建外贸中心集团贸易发展组的筹备工作并正式开展工作。

16日　上午，到商务部向西亚非洲司报告尼中心在尼处置房产和人员安排事宜，并得到肯定。

2011年

8月

22日　福建外贸中心集团正式收到中国进出口银行转来《商务部、财政部关于进一步做好原中央外贸发展基金等政府性基金项目逾期借款回收工作的通知》（商财函[2011]354号）文件。尼日利亚中国投资开发贸易促进中心正式完成境外的服务工作。

照片集

一、工作留影

（按时间排序）

▲ 1997 年 11 月 3 日，尼日利亚政府代表团在福州市外贸中心酒店举办招商会现场

▲ 1997 年 11 月 3 日，赴尼工作组成员与来访福州的尼政府代表团团长合影。（左起姚甦、许文章、阿巴查总统秘书、商务部常务秘书托卡玛尼、陈励勤和作者）

▲ 1999 年 9 月 13 日，梁银柱大使在拉各斯天津出口商品展销会开幕式上致辞

▲ 拉各斯州副州长（女）出席天津出口商品展销会开幕式并参观

▲ 1999 年 9 月 24 日，商务中心职员与福建省外经贸委副主任阎小山率领的福建商贸团一行合影

▲ 2000 年 11 月，商务中心协助中国贸促会机械行业分会在拉各斯市达法法雷瓦举办中国出口商品展销会（左起，孟大林参赞、李宗保、作者、姚甦、赵乐平秘书和张副会长）

▲ 2001 年 7 月 3 日，作者考察卡拉巴投资区中国商人投资的轧钢厂时，与中国投资人合影

▲ 2002 年 6 月 5-8 日，福建外贸中心集团副总裁温海江带团来尼中心检查工作

▲ 2003年8月18日，尼日利亚中国投资开发贸易促进中心新址正式启用。参加启用仪式主席台就座的有（左起），中国商人代表闵渝生、华侨代表胡介国、总领事刘英海、商务室负责人祝端妮和作者

▲ 2003年8月18日，尼日利亚中国投资开发贸易促进中心新址正式启用剪彩仪式

▲ 2003年9月13日，尼中心牵头成立中国（尼日利亚）工商联合会拉各斯分会大会，有230多名中国商人到场

▲ 2003年9月13日，尼中心牵头成立中国（尼日利亚）工商联合会拉各斯分会大会，中国总领事馆和尼商会代表出席道贺

▲ 2003年10月，作者与尼日利亚驻中国上海商务代表阿比克伊在上海会谈

▲ 2003年11月25日下午，作者在拉各斯参加“在尼华人反独促统大会”并做了发言

▲ 2004 年 5 月 3-7 日，福建外贸集团监察室主任张昌宁率检查组入住尼中心检查装修工作进展情况

▲ 2004 年 5 月 18-20 日，商务部魏建国副部长在会议期间与作者合影

▲ 2004年6月12日，作者在北京向福建外贸中心集团党组书记林幼芳、副总裁温海江汇报工作时合影

▲ 2005年1月16日，作者带商务中心业务员到经销商努守家中洽谈业务（左起罗刚、沈强、努守、作者和吴远淞）

▲ 2005 年 3 月 26-29 日，福建外贸中心集团副总裁赵自喜带团来尼中心检查工作

▲ 2005 年 8 月 6 日，作者与中国通用公司的同志在尼商务部长陪同下去奥贡州考察木薯贸易情况

▲ 2005年11月9-11日，福建外贸中心集团副总裁黄荣文带团看望被劫后的尼中心工作人员

▲ 2007年4月26日，作者在尼中心办公室测算核对贸易数据

CCPIT MSC 中国国际贸易促进委员会机械行业分会
China Council For The Promotion Of International Trade Machinery Sub-Council
中国国际商会机械行业商会
China Chamber Of International Commerce Machinery Chamber Of Commerce

感谢信

尼日利亚中国投资开发贸易促进中心

岗永斌总经理

我会组团参加二〇〇〇年尼日利亚拉各斯国际贸易博览会的参展人员都已顺利到达北京，并回到各自的单位。参加此次展览会的全体参展人员一致反映在尼日利亚取得了很好的展览效果，在生活安排方面也表示非常满意，这都归功于岗总您本人及贵中心全体同志通力合作及不懈努力的结果。此次活动我会与贵中心从五月份开始谈合作，七月份即开始安排展品运输的有关事宜，展品从八月份启运一直到十月三十日顺利运到展台，这期间不知岗总您克服了多少困难，付出了多少心血。在展会的展台装修方面也做到了细致周到，建议带去的小国旗和小彩旗为中国展台也增加了很多的光彩，受到了各参展单位的好评。在此，我会并谨代表参加此次展会的各参展单位向岗总您本人及贵中心全体同志表示最诚挚的感谢！

祝愿贵中心在新的世纪里创造佳绩！

中国国际贸易促进委员会机械行业分会

二〇〇〇年十一月二十日

地址：中国 北京 三里河路46号 邮编：100823
电话：0086-10-68594937 68594938
传真：0086-10-68594948 68594995

ADD.: No.46 Sanlihe Road, Beijing ,P.R.China 100823
TEL: 86-10-68594937 68594938
FAX: 86-10-68594948 68594995

▲ 办展感谢信（部分）

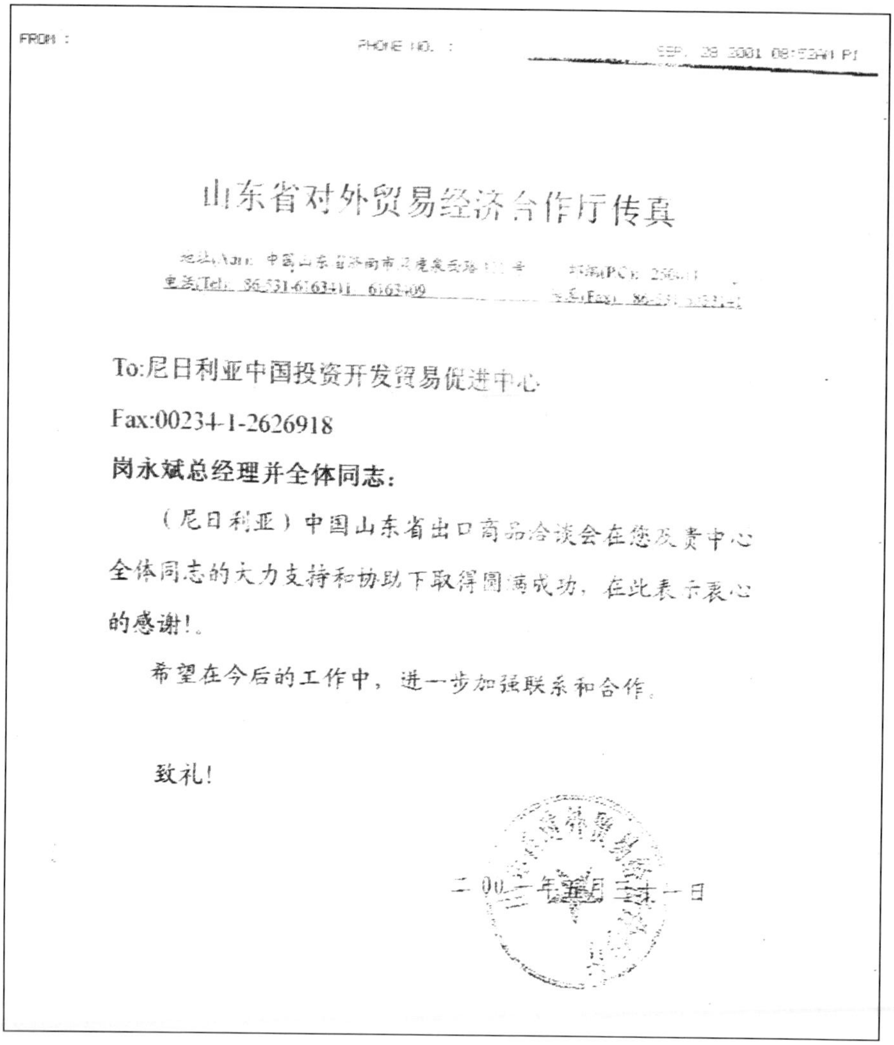

FROM : PHONE NO. : SEP. 28 2001 08:53AM P1

山东省对外贸易经济合作厅传真

地址(Add): 中国山东省济南市[illegible]路[illegible]号 邮编(PC): [illegible]
电话(Tel): 86-531-6163411 6163409 传真(Fax): 86-531-[illegible]

To:尼日利亚中国投资开发贸易促进中心

Fax:00234-1-2626918

岗永斌总经理并全体同志：

（尼日利亚）中国山东省出口商品洽谈会在您及贵中心全体同志的大力支持和协助下取得圆满成功，在此表示衷心的感谢！。

希望在今后的工作中，进一步加强联系和合作。

致礼！

二〇〇一年[illegible]月[illegible]十一日

▲ 办展感谢信（部分）

二、生活留影

（按时间排序）

▲ 1999 年 8 月，作者陪中国展团参观拉各斯白人沙滩时与当地儿童合影

▲ 1999 年 8 月，作者陪展团参观拉各斯植物园时与该园保安合影

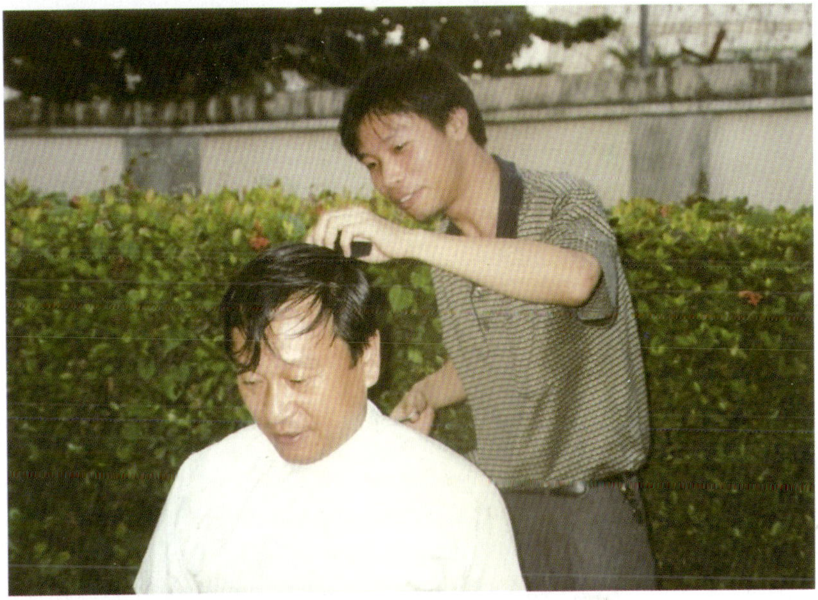

▲ 2001 年 8 月，商务中心职员魏嵘在给作者理发

▲ 2001 年 8 月，作者在给商务中心职员李宗保理发

▲2003年，作者在拉各斯白人沙滩照

▲2002年4月15日，作者与迎接中国领导人的尼日利亚仪仗队队员合影

▲ 2004年9月，商务中心职员吴远淞与尼日利亚儿童合影

▲ 2004年国庆节期间，商务中心员工在烧烤（左起，厨师黄峰、水电工许政勇和业务员罗刚）

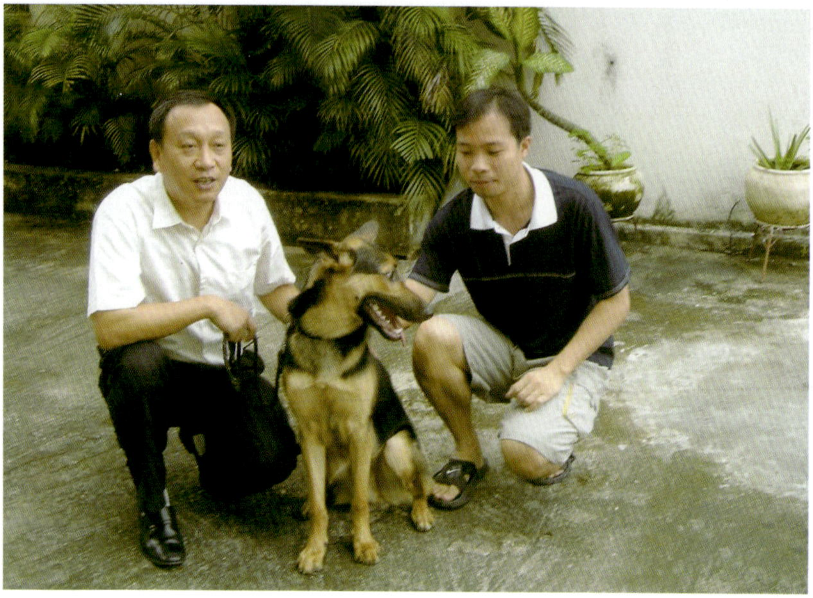

▲ 2006 年 7 月，作者与商务中心职员魏嵘在训练护卫犬“虎子”

三、购房留影

▲ 2001 年 9 月 4 日，作者在拍摄和丈量古巴大使馆房产时与古巴大使馆馆员合影

▲ 2001 年 12 月 17 日 12:30，作者与古巴大使馆签订售买合同

▲ 签字后双方举杯庆祝

▲ 古巴大使馆政务参赞在购房合同上签字

▲ 2001 年 12 月 17 日，作者与古巴大使馆政务参赞签署售让房产合同后合影

▲ 房产情况

▲ 升旗

尼日利亚中国投资开发贸易促进中心
CHINA INVESTMENT DEVELOPMENT&TRADE
PROMOTION CENTER IN NIGERIA
Plot 935.Idejo Street off Adeola Odeku
Street,
Nigeria

▲ 挂牌

▲ 接待大厅

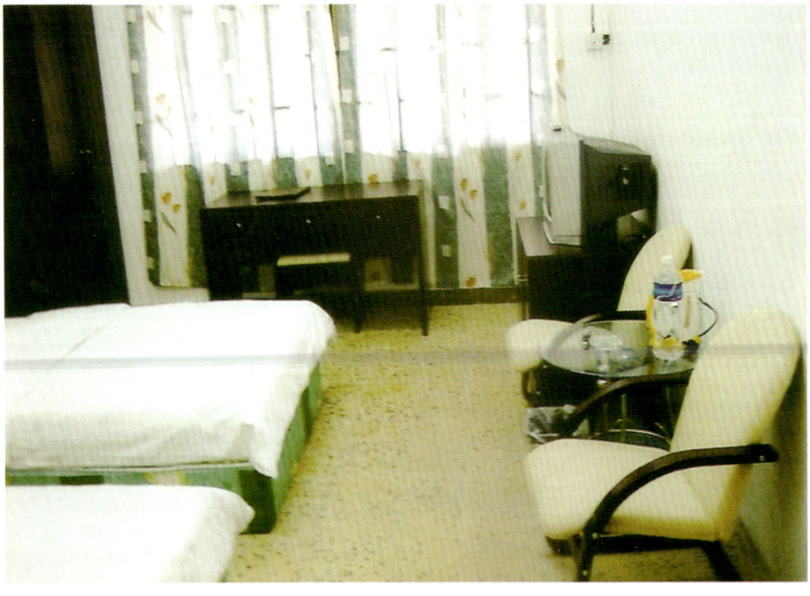

▲ 客房

▲ 中国商品小卖部

▲ 会议室

▲ 娱乐室

▲ 洗衣房

CHINA TRADE CENTER
中国贸易中心
CHINA INVESTMENT DEVELOPMENT&TRADE PROMOTION CENTER IN NIGERIA

▲ 前院

▲ 后院

后　记

我终于退休了。工作了44年，深感人生不易。

1958年“8.23炮击金门”那天，两岁大的我患了中毒性痢疾，在泉州市医院里挂瓶急救，恍惚间看到父亲一身戎装走近病床，摸了摸我的额头，对病床前的母亲讲了些什么后毅然离去。以后得知，父亲那是要带领180医院救护队，上炮击前线抢救受伤的官兵。

1962年蒋介石叫嚣“反攻大陆”，福建军民进入紧急战备状态。我依稀记得，夏末一天凌晨，母亲把我从床上拽起穿上衣服，冒着滂沱大雨送我上了一辆卡车，里面挤满了转移后方留守处的军属和孩子。当天夜里我们来到一个方圆几里不见人烟的深山沟，住进茅草棚，并被告知危险时上山逃命的方向。

1971年十年“文革”中期，我就读南昌江西拖拉机制造厂技工学校，先后充任炉工、配沙工、装配工和车工，初步见识了知识的伟大和机械的力量。每当崭新的“丰收27”拖拉机开下生产线驶离工厂，我都会自豪地告诉小伙伴，那上面有我亲手制作的零件。

1972 年 11 月，我不满 17 岁便应征参加了中国人民解放军，经过艰苦训练和与“蒋军”的无线电对垒中，逐渐成长为一名技术全面的无线电报务员。1976 年 8 月起我轮值喂猪三个月。9 月 8 日傍晚副连长风急火燎冲进猪舍，要我马上换衣服进通信坑道。我说：“正在喂猪呢。”副连长吼道：“一级战备！你负责大区与总参的联络。断了联络当心你的脑袋！”几天后得知，伟大领袖毛主席逝世了。1977 年 9 月，我被选为福州军区参加核爆炸无线电通讯试验的四名报务员之一。9 月 17 日，我们克服了核爆引起高空电离层变化的困难，在最短时间里与核爆地电台建立了联络，受到总参通信部表扬。

1979 年 5 月的一天，军区通信部部长突然到我们分队召开会议，听取官兵参加对越自卫反击战的决心。会议结束后他告诉我：你领导的分队是我们军区无线电通信的尖子分队，总参若要我们军区再派报务员上前线，我就派你们分队成建制上！

1983 年我考取了解放军南京政治学院，在这里系统学习了中国共产党党史和中国近代史，深刻领悟了中国共产党伟大、光荣、正确的内涵，更加坚定了报效祖国的决心。也是在这里，我结识了来自全军各部队的精英，并在同学交往中广为受益。

1989 年我转业到福建省改革开放的前沿——中国（福建）对外贸易中心集团工作。为尽快实现从军人到商人的转型，我参加了对外经济贸易大学函授学习，获得了主要科目的结业证。经过十年磨砺，基本掌握了国际贸易的基本规则，接下了创建尼日利亚中国投资开发贸易促进中心的艰巨任务，于是就有了本书所述的实际经历。

2009 年 53 岁时，我回国担负起全集团的进出口工作，与大家一同成功扛住了全球金融风暴的巨大冲击，当年在全国进出口贸易额下降 15%的情况下，我们集团公司进出口总额逆势增长了 15. 7%。我接手前的 2008 年，福建外贸集团进出口额 5. 7 亿美元，2011 年翻了一番，达到 12. 5 亿美元！

我无心吹嘘自己，只是有心感谢时代赐予的奉献机会。

我无意巧言说教，只是在意自己这辈人的难忘经历。

新的时代，新的机遇。作为曾经“走出去”的老人，我向正在 “一带一路”上砥砺前行的同胞国人，致一份最真诚的祝福和敬礼！愿更高层次、更大规模、更广领域的“走出去”，助力我们心爱的祖国日益富足，更加强盛！

本书形成过程中，我的南京政治学院同学孙家贵，做了资料整理归类等大量工作；发小顾建强，进行了整体谋篇与润色；学院同窗陈宇，对此书最终出版给予了大力支持；中华智库园工作室也为本书的排版和装帧设计做了大量的工作。在此一并表示感谢！

岗永斌

2018 年 10 月 18 日